JN247394
「……あなた、精霊なの……？」
「きゅいっふー！」
その通りです！
と答えるように、
胴長の獣は鳴き声をあげた。

「花よ散りて、風に舞え！」
フィオーラは、
薔薇へと命じるように叫んだ。
フィオーラ
アルム

大輪の薔薇がほろりほろりと
花弁を落とし、風に舞う。
「つぎぃあっ⁉」
花びらに触れた黒の獣が、
悲鳴だけを残し消えていく――。

「もうっ。あんたたち二人して、甘い空気を醸し出しちゃって。
のろけるんなら、二人きりの時にしなさいよ」
半目になったモモが、
呆れた様子でつっこんだ。

虐げられし令嬢は、世界樹の主になりました
～もふもふな精霊たちに気に入られたみたいです～
SAKURAI YU
桜井 悠
| Illustration | 雲屋ゆきお

口絵・本文イラスト：雲屋ゆきお
装丁：寺田鷹樹

目次

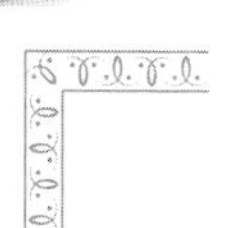

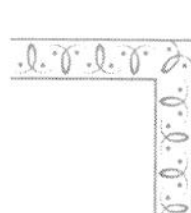

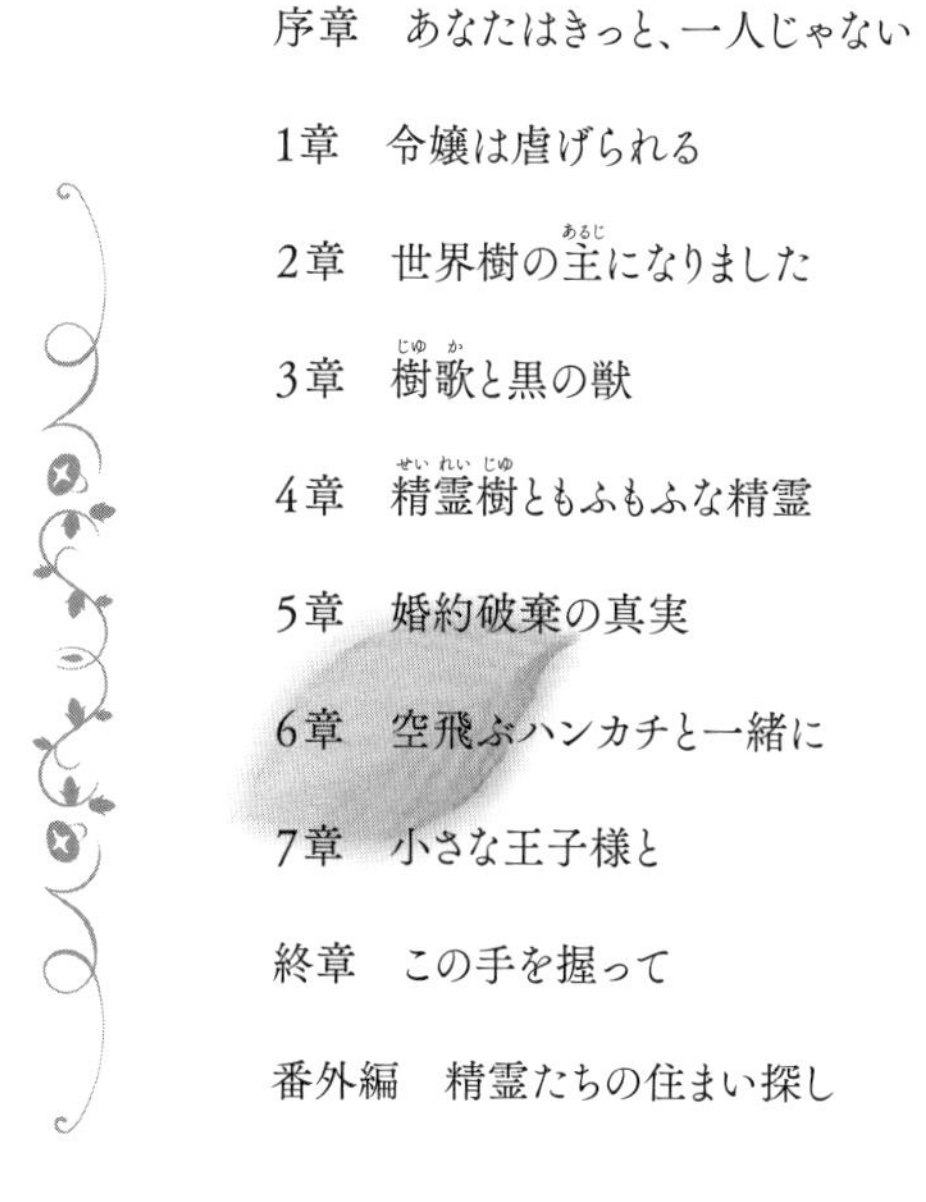
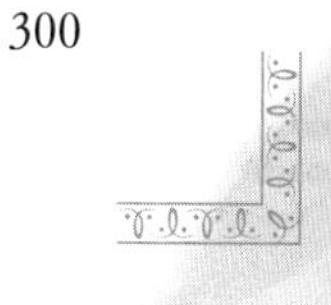

序章　あなたはきっと、一人じゃない

「フィオーラ、あなたは一人きりじゃないわ」

それは、今にもかき消えてしまいそうな、細い細い声だった。

寝台に横たわる母へと、フィオーラはすがるように抱き着く。

「おかあさま……」

「だから、大丈夫。私がいなくなっても、あなたはいつか幸せに――」

「いやっ‼」

優しい母の言葉を、フィオーラは頭を振り否定する。

フィオーラの近くには、いつだって母がいてくれた。頭を撫で、愛してくれた母の命が間もなく尽きる現実を、まだ七歳のフィオーラは受け入れられなかった。

いや、いや。いかないで、と。叫ぶフィオーラの背を、母が手を伸ばしさすった。

肉が落ち、ほっそりとした。

でも、まだ温かい掌の感触に、フィオーラの涙が零れ落ちる。

「フィオーラ、あなたは優しい子よ。今は涙が止まらなくても、いつかきっと、また笑える日がくるわ。私もあなたのことを、世界樹様と一緒に見守っているもの」

「せかいじゅ……さま……？」

「そう、世界樹様。この世界の中心には、大きな大きな、それはもう立派な木、世界樹様があるわ。世界樹様は黒の獣(けもの)から世界を守り、人々を慈(いつく)しんでくださっているの」

語られたのは、幼い子供でも知っている事柄(ことがら)だ。まだ七歳のフィオーラだって知っていたが、かすれた母の声を遮(さえぎ)りたくなくて、涙をこらえ耳を澄(す)ませていた。

「人は死んだら、世界樹様の元に行き安らぎを得るわ。体がないから姿は見えなくて、声も聞こえなくなるけど……。私はいつだって、フィオーラのことを見守っているわ」

「私のことを……」

「ええ、そうよ。それに、私だけじゃないわ。侍女(じじょ)見習いのノーラや、私と一緒に植えて世話をしてきた、アルムだってフィオーラを見守ってくれるわ」

「アルム……」

家の庭の片隅(かたすみ)にある、ほっそりとした若木につけた名前だ。

フィオーラにとっては、母との思い出がたくさんつまった――形見になる存在だった。

「フィオーラ、忘れないで。これから、辛(つら)いことも泣きたいことも多いでしょうけど……それでも、あなたの……幸せを願う存在がいることを……忘れ……ないでね……」

蝋燭(ろうそく)の灯(ひ)を吹(ふ)き消すように、母の声が小さくなっていく。


――母の最後の言葉に、弱々しく頷(うなず)いたフィオーラが十七歳になった時。

フィオーラの人生は、大きく動き出すことになるのだった。

1章　令嬢は虐げられる

「また時間通りに仕上がらなかったの？　この役立たずっ!!」

浴びせかけられる怒声に、フィオーラは歯を食いしばった。

――――ばしんっ!!

鞭が肉をうつ音が弾けた。

頬に衝撃が走り、焼け付くような痛みが広がっていく。

「………っ」

悲鳴を口の中でかみ殺す。

泣きわめいたところで、意味はなかった。

フィオーラがうろたえればうろたえる程、目の前の異母姉、ミレアからの暴力は酷くなるだけだ。

昔はフィオーラも泣き叫び、「やめて」「いやだ」と必死に訴えていた。しかし、泣き叫ぶフィオーラに与えられたのは、更なる痛みと、耳を覆いたくなる暴言のみ。

フィオーラにできることは、ただ嵐が過ぎ去るのを待つ草木のように耐えるだけ。

それが、長年の虐待から得た、数少ない教訓だった。

「ちょっとあんた、何黙り込んでるのよ!!　気持ち悪いわね!!」

もう一発、今度は反対の頬に、ミレアの鞭が飛んでくる。

泣けば罵倒され、黙っていてもぶたれる。

ならば一体どうすれば正解だったのだろうと、半ば麻痺した頭でフィオーラは考える。

「ミレア様、すみませんでした………」

「ふんっ‼　謝るだけなら猿だってできるわ？　何が悪かったのか言ってみなさいよ？」

「……私は、ミレア様におおせつかっていた、針仕事を終わらせることができませんでした」

一昨日の夜遅く、ミレアは突然フィオーラを呼び出し、大量の繕い物を押し付けてきた。

翌々日の舞踏会用のドレスのほつれを、一日で直すよう命じるミレア。

その命令にフィオーラは逆らわず、疑問を挟むこともしなかった。

舞踏会用に、と。十着以上ものドレスを押し付けられた不自然さに気づいても。一人で一日で繕うには、どう見ても多すぎる量だとしても、決して口答えはしなかった。

代わりに、ただでさえ短い睡眠時間を削って針を進め、どうにか期限内にドレスを直し切った。

これで殴られることはないだろうと、安心していたのもつかの間。

ほんのわずかな糸くずを見とがめられ、ミレアに責め立てられたのだった。

「フィオーラ、あんたって本当に愚図ね。他にもっと、謝るべきことがあるでしょう？」

「…………っ」

フィオーラは無言で唇を食いしばった。

ミレアの望む答え、自分が口にすべき言葉はわかっている。

だがそれでも、口を開こうとすると躊躇してしまった。

「何よその目は？　謝れないって言うの？　ならいいわよ。代わりにノーラを呼び出して――」

「やめてください！」

ノーラは、フィオーラを気遣ってくれる数少ない使用人だ。

彼女に迷惑をかけるわけにはいかなかった。

「……ミレア様………すみませんでした」

「何？　聞こえないわ。もっと大きな声で言ってくれない？」

「……生まれてきて、すみませんでした」

心を凍り付かせ、どうにか言葉を口にする。

過去に、もう何度も繰り返したやり取りだ。

笑みを浮かべたミレアに対しても、もう何も感じない。感じたくなかった。

「ふふっ。ちゃんとわかっているじゃない？　あんたはお父様を誘惑した平民から生まれたふしだらな女よ‼　うちに置いてもらえるだけありがたいんだから、私に感謝しなさいよ？」

「……はい。ありがとうございます」

フィオーラの母ファナは、ミレアの母の侍女だった。ファナは平民だったが、伯爵家当主だった父に迫られ拒めず、フィオーラを宿すことになったのだ。

平民が貴族と、それも既婚者と情を交わす。許されざる罪だとわかっていたが、それでもファナは、フィオーラにとってはただ一人の母だった。

祝福されざる出生のフィオーラだが、それでも母が生きている間は幸せだった。

母は優しく、フィオーラを守り慈しんでくれていた。父は母を愛していたし、そのついでに、フィオーラのことも可愛がってくれていた記憶がある。

しかし、幸福な幼少期は長くは続かず、フィオーラが七歳の時に、母は流行り病で帰らぬ人となった。

母亡きあとの父はフィオーラへの興味を失い、最低限の食事を与え放置するだけ。異母姉であるミレアと、その母リムエラからの嫌がらせが激しくなり、フィオーラが十歳を迎える頃には、伯爵令嬢であるにもかかわらず、使用人以下の生活を送るようになっていた。

「フィオーラ、あんたは汚らわしい罪の象徴よ。伯爵家から追い出され野垂れ死にするのがお似合いなのに、お母さまと私のお情けによって生きているの。そこのところ、忘れないようにしてちょうだいね？」

「……………心得ています」

「わかったなら、早くこの部屋から出て行ってちょうだい。同じ空気を吸っていたら、私まで汚れてしまいそうだわ」

「……………失礼いたします」

頭を下げ、部屋を出る。

使用人用の通路を歩いていると、ぱたぱたと足音が近寄ってきた。

「フィオーラお嬢様！　大丈夫でしたか？」

侍女のノーラだ。

一つ結びにした赤毛を揺らし、フィオーラへと駆け寄ってくる。

「そんなに頬が赤くなって、痛かったでしょうね……………」

「これくらい、なんてことないわ。……だから、私は一人で大丈夫。私を心配しているのをミレア様に見られたら、ノーラまで罰せられてしまうわ」

「見捨てるなんて‼　そんなことできませんよ。フィオーラお嬢様とファナ様のおかげで、あたしは今ここにいるんです」

ノーラの亡くなった母は、ファナと侍女仲間だった。その縁でノーラの母亡き後も、ファナはノーラに親身になっていた。ノーラはフィオーラと年が近いこともあり、親しい姉妹のような関係だ。

「ノーラ、ありがとう。でも、その気持ちだけで十分よ」

フィオーラは淡く微笑んだ。

過酷な毎日でもめげずにいられる理由の一つは、優しくしてくれるノーラの存在だ。

感謝の言葉を伝えると、ノーラに気まずそうに目を逸らされてしまった。

「………あたしに、そんな言葉を受け取る資格はありません。あたしは、お嬢様を助けることができません。できることはせいぜい、ミレア様に言いつけられた仕事をこっそりお手伝いするくらいです。今日も何か、手伝えることはありますか？」

「大丈夫よ。今から厩舎の掃除をするつもりだけど、それくらいなら一人でできるもの」

厩舎の掃除は、汚れた藁をかきだす重労働だ。

本来は女性が、しかも伯爵令嬢が行う仕事ではないが、それはこの伯爵家では今更のことだった。

フィオーラはノーラと別れると、着替えるため自室へと戻ることにする。自室といっても、屋敷内に部屋を与えられているわけではなく、納屋の片隅がフィオーラの寝床だ。冬は隙間風が吹き込み夏は虫も湧いたが、フィオーラにとって一つだけいいことがあった。

「今日もアルムは、元気に葉っぱを輝かせていますね」

納屋からすぐ近く、庭の片隅で葉を茂らす若木に、フィオーラは声をかけた。

フィオーラより頭一つ分背丈の高いこの若木は、昔母と一緒に植えたものだ。母亡きあとも、なにかにつけ様子を見に行き、晴天が続いた時は水をやったりしている。

母の装身具やドレスは、全てミレアたちに取り上げられてしまっているから、フィオーラにとってはこの若木が、母の形見のようなものだった。納屋は住み心地がいいとはとても言えなかったが、若木の近くにあり、様子を見に行きやすいのは嬉しかった。

「でも、もう半年もしたら、お別れなのよね……」

胸に寂しさと、同時に希望の灯が揺らめいた。

フィオーラは今年十七歳。結婚適齢期だ。虐げられて育ったとはいえ伯爵令嬢なので、婚約者は存在していた。

婚約者の名はヘンリー。裕福な家の出だが、平民の男性だ。

片親が平民とはいえ伯爵令嬢が嫁ぐには格が落ちるが、フィオーラは気にならなかった。結婚すれば、この劣悪な環境から抜け出せるし、四つ年上のヘンリーは優しい男性だ。

（ヘンリー様と結ばれたら、毎日ここに、アルムの様子を見に来ることも出来なくなるのね……）

半年後、フィオーラはヘンリーと結婚することになる。

そうすれば、ミレアたちの暴力から逃れ、人間らしい生活ができるはずだ。

ヘンリーに嫁ぐ日のことを思い、フィオーラはそっと、粗末なドレスの胸元に手をやった。

人目に触れないよう、小さな栞が収められている。ヘンリーに贈ったのとおそろいの、乾かしたアルムの葉っぱを貼り付けた栞だ。

（ヘンリー様は、あの栞を喜んでくださっていたわ）

フィオーラの手作りの、良く言えば素朴な、簡素な栞だった。ミレアたちの監視があり、高価な贈り物はできなかったとはいえ、今思えば失礼と取られても仕方のない品物だ。にもかかわらず、ヘンリーはありがとうと、嬉しそうに微笑んでくれたのだった。

アルムと別れる寂しさを感じつつも、フィオーラはヘンリーと結ばれる日を心待ちにしていた。

ヘンリーは五日後、結婚式の打ち合わせのために、屋敷にやってくる予定だ。

彼の訪れる日を指折りし、その後三日間を過ごしたフィオーラだったが――

――ぐるるるる、と。

腹が鳴った。

もう丸三日間、水以外何も口にしていなかった。ミリアに命じられた繕い物を終わらせられなかった罰として、食事を取り上げられていたのだ。

粗食には慣れているフィオーラだが、さすがにこれは辛かった。ヘンリーとの茶会で出されるお茶うけが待ち遠しい。

恋より食欲。食い意地の張った自分を恥ずかしく思いつつ、フィオーラは鏡を覗き込んだ。

「貧相な体つき……」

痩せこけた、枯れ枝のような体だ。

フィオーラは十七歳だが、腕も脚も細く棒のようで、胸はほんのわずかに膨らんでいるだけ。豊かな胸と尻こそが美女の条件とされるこの国では、あまりにも寂しい姿だった。

今日はヘンリーと会うため、久しぶりに化粧を許されている。伯爵家の娘が、着の身着のままの姿を晒しては家の恥となるため、安物だが最低限の化粧品は与えられていた。

使用人に頭を下げ開けてもらった客室の化粧台に座り、フィオーラは身支度を整え始める。

鏡に映る顔は頬がこけ、空色の大きな目玉がことさら際立っていた。髪は薄茶で艶がなく、異母姉のミレアからはよく『ぼんやりとした色の気持ちの悪い目と髪ね』と嘲られている。

「あら、フィオーラ。まだ準備ができていなかったの？」

背後から聞こえてきた声に、フィオーラは背中を緊張させた。

「義母様……」

金の巻き毛と豊満な肢体。ミレアの母であるリムエラだ。

リムエラは無遠慮に部屋に入ってくると、フィオーラの顔を見下ろした。

「もうっ、ミレアったら、また頬をぶったのね」

ため息をつくリムエラ。

しかしその言葉は決して、フィオーラを思いやってのものではなかった。

「顔を傷つけると目立って面倒だって、いつも注意しているのにね？」

リムエラが、フィオーラの頬をつぅと撫でる。

三日前ミレアにぶたれた頬は、化粧により誤魔化されていたが、それでも近くで見ると、不自然な赤味が残っていた。

「泥棒猫の娘だけあって、男を欺くための化粧は上手なのね？　でも、おまえに与えられた化粧品だって、ただではないことをわかっているかしら？」

「………申し訳ありませんでした」

私はなぜ謝っているのだろう？

……そんな疑問を深追いしないことが、義母と上手くやっていくコツだと、フィオーラは嫌になるほど理解していた。

理解していたが、右足が痛みを訴えた気がする。

もちろん幻だ。

昔、リムエラの怒りを買い、火かき棒を押し付けられた傷痕がうずきだす。

フィオーラは、ミレアと同様にリムエラにも嫌われていた。そしてフィオーラへの虐め方は、リムエラの方がずっと巧妙だ。

顔や首といった目立つ場所ではなく、普段は服で隠れている胴体や足を執拗にいたぶられた。

そのせいで、ただでさえ貧相なフィオーラの体には、いくつもの醜い傷が残ってしまっていた。

「あらフィオーラ、どうしたの？　今日は大切な婚約者様と会える日でしょう？　明るい顔をしたらどうかしら？」

リムエラはフィオーラに手をあげることもなく、珍しく上機嫌だった。

なにか良いことでもあったのだろうか？

フィオーラがいぶかしんでいると、リムエラが微笑んだ。

「今日のお茶会には、おまえの好物のブルーベリーのタルトも用意させているわ。楽しみでしょう？」

「………お心遣い、ありがとうございます」

どういう風の吹き回しだろうか？

やけに優しいリムエラの言葉の真意を、フィオーラは間もなく思い知らされることになる。

それ即ち――


「婚約を、破棄する……？」

フィオーラは呆然と呟いた。

震える手元を押さえ、目の前の青年、婚約者のヘンリーへと問いかける。

「ヘンリー様、どういうことですか？　私、何か粗相をしてしまいましたか？」

「……そういったわけじゃないさ。君には、本当にすまないと思っている」

「では、どうしてですか？　なぜ今になって、私との婚約を解消するとおっしゃるのですか？」

「……これはもう、決まったことなんだ。君の父上と、義母にも話は通してある」

心苦しそうに、だがはっきりと言い切るヘンリー。

（そんな……）

フィオーラは目まいを覚えた。

視界が歪み、足元が崩れ落ちるような衝撃の中、そうか、さっきリムエラの機嫌が良かったのは、婚約破棄を知っていたからだと腑に落ちる。

ヘンリーが婚約者になったのは、今よりはまだフィオーラが人として伯爵家で扱われていた、五年前のことだ。

父に決められた相手だが、優しいヘンリーをフィオーラは慕っていた。恋というには幼い感情だったが、兄に向けるような素朴な好意を、ヘンリーに感じていたのだ。

……それにヘンリーだって、フィオーラを好いてくれていたはずだ。

少なくとも、父のように無関心でも、ミレアやリムエラのように暴力を振るうこともなかった。フィオーラにとってはそれだけで十分だったし、ヘンリーと二人、この先の人生を歩いて行くつもりだったのだ。

「なのに、どうして……？」

こらえきれず、言葉が口から滑り落ちる。

みっともなく、声が震えるのを止められなかった。

「もしかして、義母様のせいですか……？　義母様に婚約を破棄するよう言われ、受け入れてしまったのですか？」

「………」

ヘンリーは答えることもなく、押し黙ったままだ。

怒りと悲しみ、そして脱力感。フィオーラの全身から、力が抜け落ちていく。

ヘンリーが否定しないということは、義母リムエラの横槍があったのは間違いない。

だがそもそも、ヘンリーとの婚約は、伯爵家の当主である父が結んだものだ。リムエラの横槍を、ヘンリーがまともに取り合う必要はないはず。なのに婚約破棄を選んだということは、ヘンリーにとってのフィオーラが、リムエラの嫌がらせより軽いということなのだろうか？。

「っ………」

自分とヘンリーとの五年間は、いったい何だったのだろう。

彼となら幸せになれると、疑いもしなかった昨日までの自分が、惨めでこっけいで仕方なかった。

枯れ枝のような体、ぼんやりとした色彩の髪と瞳、胴体に残る傷痕。女性としての魅力から程遠い、そんな自分が夢を見たのが愚かだったのだ。

「……ヘンリー様が、私を遠ざけたくなるのも当然ですね。義母様から聞いたのでしょう？　私の体には、いくつもの醜い傷痕があると、そう知ってしまったのでしょう？」

「なっ………？　君の義母は、まさかそんなことまで…………？」

「体の傷痕のこと、今まで黙っていてすみませんでした。傷痕を知られた以上ヘンリー様が心変わりなさるのも当然ですからどうか素敵な女性を見つけお幸せになってください」

一息に言い切ると、椅子を立ちその場を後にする。

「フィオーラっ‼」

切なげな声に、一瞬振り返る。

捨てられたのはこっちなのに、なんでそんな悲しそうな顔をするのだろう？

眉を寄せるヘンリーの顔と、テーブルの上のブルーベリーのタルトが目に入る。

「………っ‼」

はたと気づいた。気づいてしまった。

フィオーラの好物であるブルーベリーのタルト。

それをわざわざ、婚約破棄の場に用意させたのは、間違いなくリムエラの悪意だ。

今後フィオーラが好物を見るたび、婚約破棄の惨めな記憶を思い出すように。

滴るようなリムエラの悪意に、フィオーラは吐き気と寒気がした。

――義母はいったい、どこまで自分を苦しめれば気が済むのだろうか？

吐き気をこらえ歩いていると、上機嫌な声がかけられた。

「あら、その顔だと、無事に婚約破棄されたようね。おめでとう」

「義母様……」

リムエラの声に、フィオーラは力なく振り返った。

「……ヘンリー様に婚約破棄を仕向けたのは、義母様なんですね？」

「人聞きの悪いことを言わないでくれるかしら？」

「でも、今、おめでとうって……」

「ヘンリーがおまえのような薄汚（うすぎたな）い娘と縁を切れたんだから、お祝いすべきでしょう？　だから、おめでとうよ」

おめでとうと繰り返すリムエラの声には、明確な悪意が込められていた。

フィオーラは気圧（けお）されながらも、必死に声を絞（しぼ）り出す。

「なぜですか……？　なぜ婚約を妨害（ぼうがい）したんですか？　そんなにも私のことが憎（にく）いなら、顔も見たくないほど嫌いなら、結婚させてこの家から追い出してしまえばいいでしょう……？」

「その程度で、ファナの罪が許されるとでも思って？」

苦々しく母の名を口にしたリムエラが、フィオーラの顎（あご）に手をかける。

「あの女が死んで、ようやく私は主役になれたんだもの。遠慮するつもりはないわ。今度は私が、おまえに素敵な婚約者を見つけてきてあげるわよ？　そうね、例えば、ヴィエント子爵様なんてどうかしら？　女をいたぶらないと興奮できない方らしいけど、おまえにはぴったりだと思わない？」

「私はっ……‼」

「逃げ出すのかしら？　小娘一人で、どこへいけると思うの？　それに、おまえがいなくなったら、ノーラがどんな素敵な目にあうか、想像できると思わない？」

フィオーラは唇を噛んだ。

わかっている。

一人で逃げ出したところで、伯爵家の権力を使われすぐに捕らえられるに決まっていた。

ノーラの存在もある。彼女が、この屋敷に侍女として留め置かれているのは、リムエラが手を回しているからだ。フィオーラが自棄になって逃げ出したら、ノーラに何をされるかわからなかった。

外に窮状を訴えるのも無駄だ。貴族は、母が平民のフィオーラのことを蔑んでいるし、平民は伯爵家の権威を恐れ関わろうとしないはず。

だからこそ、ヘンリーとの結婚が唯一の希望だったが、今やその道も潰されてしまった。

「おまえなんて、生まれてこなければよかったのよ」

義母の哄笑が鼓膜を叩く。

どうしようもない現実を前にフィオーラができることは、せめて涙は見せまいと、瞼に力を入れることだけだった。


ヘンリーから婚約を破棄されて以来、フィオーラの処遇は一段と酷いものになっていた。

もともと、伯爵令嬢としてはあり得ない粗雑な扱いをされていたが、更に悪化している。ヘンリーという外部の人間の目がなくなり、リムエラの悪意も箍が外れたようだった。

食事は日に一度口にできればいい方で、早朝から深夜まで働かされている。

いつ心が折れてもおかしくない毎日だったが、それでもフィオーラは頑張っていた。

一度心が折れたが最後、二度と立ち上がれないと、うっすらと理解していたからかもしれない。

……だがそれでも、疲労は確実に蓄積し、空腹は体力を蝕んでいく。ミレアやリムエラからの暴力の頻度も増え、全身の青あざが増えていた。

「疲れました………」

ぼんやりと地面に座り込み、独り呟いた。

貴重な休憩時間だ。

少しでも横になって体を休めねばとわかっていたが、もう動きたくなかった。

目の前の、母の形見である若木、アルムを見上げた。

疲れ果てたフィオーラとは対照的に、アルムは生き生きと葉を茂らせている。

忙しい毎日だったが、それでも土が乾いていれば、欠かさず水をやっていた。辛い日々で、辛うじて気持ちを保っていられるのも、アルムの存在があったからかもしれない。

アルムを気に掛ける気力さえなくなった時が、本当の終わりだろうと、フィオーラは空腹をなだめながら考えた。

「フィオーラ………？」

「………セオ様？」

背後から、声をかけられた。知人とも呼べない、微妙な関係の青年だ。

初めて出会ったのは三年前。

伯爵家の庭は、北が森へと続いているせいか、たまに外部から人が迷い込んでくることがある。

セオと名乗った青年も、迷い込んでしまったようだ。目深にフードを被っていたが、整いすぎた顔立ちと、品の良い振る舞いを隠しきれていなかった。

どこぞの貴族が、森を散策していたようだ。

出会った直後、そんなセオの目が大きく見開かれたのを、フィオーラは今でも覚えている。

『……君は……』

フィオーラを見たセオは、小さく呟くと黙り込んでしまった。

あの日も、フィオーラはぼろぼろのドレスだったから、みすぼらしさに驚いたのかもしれない。

セオはフィオーラを哀れに思ったのか、静かに話しかけてきた。あの日以降、セオは時折フィオーラの元を訪れ、気安く声をかけてくるようになった。フィオーラの出生、不義の子であることを知らず、だからこそ気にかけてくれたのかもしれない。

「フィオーラ、かわいそうに。そんなに痩せこけてしまって大丈夫かい？」

伸ばされたセオの手から逃れるように、フィオーラは身を翻した。

反射的な動きだった。

「……大丈夫です。少しだけ、ぼんやりしていただけですから」

誤魔化すように、空腹で鈍る頭を回し言葉を紡ぐ。

フィオーラは、少しセオのことが苦手だ。

セオはいつも優しく、労りの言葉をかけてくれたが、なぜか素直に安らげなかった。

おそらく原因は、セオが義母と同じ、金の髪と紫の瞳をしているせいだ。セオにとっては理不尽な話だろうが、体に刻み付けられた苦手意識は、なかなか根深いものだった。

「……君は、簡単には私の手を取ってくれないのだな。私に群がってくる、他の浅ましい女とは大違いだ」

セオはフィオーラの拒絶も気にせず、甘いまなざしを投げかけた。

害意の欠片もない言葉だったが、フィオーラが感じたのは戸惑いと、背筋の粟立つ感覚だけだ。

「君が、私を心から信じられないのは仕方ないよ。今まで三年間、君をあの家から助け出すことができなかったんだからね」

「……セオ様？」

フィオーラは困惑を隠せなかった。

極度の空腹と疲労のせいか、セオの言おうとすることが、フィオーラにはよくわからなかった。

わからないまま、セオの紫の瞳に瞬く光に、気圧されるように後ずさる。

「でも、もう少しで準備が整うはずだ。そしたら、君をこの手で幸せにすると誓うよ。今日のところは帰るが、あと数か月だけ、待っていてくれ」

「セオ様、何をおっしゃっているのですか……？」

フィオーラの問いかけに答えることなく、セオは森の中へと消えていく。

……セオは、何を言いたかったのだろうか？　準備とは何なのだろうか？

フィオーラが覚えた疑問は、やがて過酷な生活の中に埋もれていってしまった。

セオとのやり取りを、フィオーラが思い出すこともなくなった二月ほど後のこと。

晴天が続き、空気が乾燥したその日。フィオーラが納屋の自室で横になっていると、何やら焦げ臭いにおいが漂ってきた。

「火事っ⁉」

慌てて飛び起き、外に出て納屋を見る。

良かった。納屋は燃えていない。

だが、だとしたらどこからこの臭いが？

「あそこは……‼」

母の形見の、アルムが植えられている方向だ。

戦慄に駆られ走り出す。

すると行く手に、ちろちろと燃える赤い炎と、使用人を連れたミレアの姿があった。

「ミレア様⁉　どうしてここにっ⁉　その炎はなんですか⁉」

「あら、思ったより早かったわね」

「何をしたんですか⁉」

フィオーラはアルムを確認した。

幸いまだ燃えていないが、近くの草むらに火がついている。

「水を‼　早く水を持ってこないと――――っ？」

進路を妨害するように、使用人が立ちふさがった。

「どいてください‼　火が見えないんですか⁉」

「見えてるわよ。だって、火をつけたのは私なんだもの」

「ミレア様がっ⁉　なぜそんなことを⁉」

「あんたのその顔が見たかったからよ」

　ミレアがほくそえんだ。

「あんた、最近はいじっても無表情のままで、反応が悪くなってたでしょう？　そんなの、つまらないじゃない」

「つまらない……？」

「そんな時、私見ちゃったのよ。あんた、そこにある木に水をやり、話しかけてたでしょ？　馬鹿みたいだと思ったけど……その木が燃えたら、あんたの顔、面白いことになりそうじゃない？　予想的中でしょう？」

「っ……‼」

　そんな理由で、母の形見のアルムは焼かれようとしたのか。

　思考と感情が停止し、開いた口へと煙が流れ、せき込んでしまった。

（駄目。まずは火を消さないと‼）

　妨害され水が使えない以上、風で炎を吹き飛ばすしかない。

　エプロンドレスの前掛けを外し、力いっぱい振り回す。炎が体をかすめるが、構うことなく振り続けた。アルムが燃えてしまったら、フィオーラは立ち上がれなくなってしまう。

「その木、なぜか燃えにくいのよね。だから周りから燃やすことにしたんだけど――――って、ちょっと、私の話を聞きなさいよ？」

ミレアの怒声も、必死なフィオーラの耳には入らなかった。

いつもは怒鳴り声一つで頭を下げるフィオーラに無視され、ミレアは眉を跳ね上げた。

「生意気‼　あんたなんか、その木と一緒に燃えちゃえばいいのよ‼」

「きゃあっ⁉」

ミレアに突き飛ばされ、フィオーラは体勢を崩した。

その先には、真っ赤な炎が燃え盛っていて――――

「…………熱くない？」

「まったく。目覚めてそうそう、騒がしいことだね」

涼し気な声が降ってくる。

気が付けばフィオーラは、青年に抱かれるように支えられていた。

「あなたは……？」

フィオーラは青年を見て固まった。

美しい。

瞬きする間さえ惜しいほどの、人間離れした美貌だった。

銀の髪は毛先にほのかな緑の宿る不思議な色合い。瞳は若葉を映した朝露のようで、鮮やかに透明に輝いていている。肌には染み一つなく、滑らかで美しい輪郭を描いていた。

神殿に祀られた彫像が命を得たような、神々しささえ感じる青年だが、どこか懐かしい気もする。

時が止まったように錯覚した一瞬の後、フィオーラは慌てて叫んだ。

「大丈夫ですか？　炎が当たって――――」

「炎程度で、僕が脅かされるわけないだろう？」

フィオーラは青年の足元を見た。

本当だ。

炎が地面を這っているが、青年の靴や服はわずかも燃えておらず、煙も上がっていなかった。

「でも、そんな近くに炎が上がっているのに、熱くはないのですか？」

「熱い？　……あぁ、この感覚が、人間の感じる熱さというものか。もしかして、君も熱いのかい？」

青年に、逆に問いかけられてしまった。

フィオーラははっとして、自分の服や髪に火が飛んでいないか確かめた。

よかった。

幸い、少し指先と毛先が焦げたくらいで、大きな火傷はなかったが……一つ問題がある。

いつの間にかフィオーラの足は、宙にぶらりと浮いていた。ミレアに突き飛ばされ、転びそうになったところを青年に助けられ、そのまま抱き上げられていたようだ。

「お、下ろしてください!!　重たいです!!」

「フィオーラ、君が望むならそうしよう。けどまずは、君の安全を確保するのが先だよ」

「……え……？」

フィオーラは青年に、自分の名前を教えていないはずだ。

困惑していると、青年が空を見上げた。

「フィオーラ、命令をくれ。炎を鎮め、無為に緑たちが燃えぬよう、雨を降らせよと命じるんだ」

「雨を？　そんなことできるわけが――」

「できるよ。僕の力なら、そして君が命じてくれれば、その程度は簡単なことさ」

陽(ひ)が東から昇(のぼ)るように、冬の次に春が来るように。

当たり前の事実を告げるがごとく、青年がさらりと言い放った。

緑の瞳に嘘(うそ)の気配はなく、静かにフィオーラを見つめていたから――

「……………お願いします。雨を降らせ、どうか炎を消してください」

「承(うけたまわ)ろう。――――さぁ、僕の腕の中で見ていてくれ」

歌うような、青年の声が響(ひび)く。

一瞬、世界そのものが震えた気がした。

木立がざわめき、風がフィオーラの頬を撫でていく。

「あ………」

地面に一つ、小さな滴(しずく)が落ち弾けた。

一つ、二つ、三つ四つ五つ六つ七つ――――。

雨粒(あまつぶ)が増え、急速に雨脚(あまあし)が強まっていく。

すぐに本降りになった雨により、炎は勢いを失っていった。煙さえ残さず、火と熱が消し去られていく。延焼(えんしょう)が食い止められたことにほっとしつつ、フィオーラは自身の服を見つめはっとした。

「濡(ぬ)れてない……？」

上を見上げると、フィオーラと青年の頭上だけ、雨雲もなく日差しが輝いている。

立ち込める雨のヴェールを背景に、陽を受けた青年の美貌が浮かび上がる様子を、フィオーラは呆然と見つめた。

「あなたはなにも――――」

「ちょっと‼　あんた何者なのよ⁉」

フィオーラの呟きを遮ったのは、いきり立つミレアの叫び声だった。

青年の登場に驚き、警戒し様子を窺っていたものの、耐えられなくなったようだ。

「いきなり現れてその女を助けて、一体何がしたいのよ⁉」

「うるさいな。少し黙っていてくれないか？」

ミレアの怒声が青年の背中に当たるも、青年は怯むこともなく無表情だ。

「うるさい？　私のこと、馬鹿にす――――」

声が急速にしぼんでいく。

うっとうしそうに振り返った青年の顔が、ミレアの視界に入ったようだ。

ミレアは雨でずぶぬれになった金髪を顔に張り付かせ、魂を抜かれたように青年を見つめている。

急速に弱まっていく雨越しに、ミレアの頬が赤くなるのをフィオーラは確かに見た。

ミレアが興奮し鼻の穴を膨らませ、青年へと甘ったるい声を投げかける。

「気に入ったわ。あなた、ずいぶんと綺麗な顔をしているのね？　私の恋人にしてあげてもいいわよ？」

「恋人というと、特別に仲の良い男女の関係ということかい？」

「そうよ‼　伯爵令嬢である私の恋人になれるんだもの。感謝しなさいよ‼」

「感謝しろ？　僕はあいにく、害虫と仲良くする趣味はないよ」

「……害虫？」

ミレアの声がひび割れた。

「私、聞き間違えたのかしら？　この私を虫呼ばわりなんて、そんなわけないわよね？」

「虫じゃない、害虫だ。花々を飛び回り受粉を助ける虫の方が、君よりずっと上等な存在だ」

「虫以下!?　なんで初対面のあんたに、害虫呼ばわりされなきゃいけないのよ!?」

「フィオーラを突き飛ばし、燃やしかけたんだ。害虫以外の何物でもないじゃな――――っ？」

「二人とも落ち着いてください!!」

涼しい顔でミレアへと毒を吐く青年の口を、フィオーラは慌てて押さえた。

青年の正体はわからないが、伯爵家の娘としてわがまま放題のミレアを敵に回して無事では済まないはずだ。

衝撃の事態の連続に、しばらく呆然としてしまっていたが、ミレアを怒らせるのはまずい。そう気づき青年を止めたフィオーラだが、一歩遅かったようだ。

「あんたもその男も、躾が必要なようね？」

懐から愛用の鞭を取り出し、ミレアがフィオーラを睨んだ。

八つ当たり。完全なとばっちりだった。

「私を馬鹿にしたらどうなるか!!　痛めつけてわからせてあげ、っきゃあぁぁぁ――――っ？」

ミレアの悲鳴が急速に遠ざかり、上へ上へと昇っていく。

「蔓が……？」

突如ミレアの足元から伸びあがった蔓が、その胴体に巻き付いている。

三階建ての屋敷の屋根より遥かに高く持ち上げられ、ミレアがバタバタと手足を振り回していた。

今や雲一つない青さを取り戻した空に、金の髪がばらまかれている。

「やあっ‼　いやぁぁっっ‼　放して‼　下ろしなさいよっ‼」

「どうする、フィオーラ？　彼女の願い通り、今すぐ蔓を解いて落としてあげようか？　そうすれば、少しは静かになるはずだ」

「そ、それはやめてあげてください……」

淡々とした口調でとんでもないことを言う青年に、フィオーラは軽い頭痛を覚えた。

「この蔓は、あなたが操っているんですよね？」

「そうだよ。あの害虫が君を害そうとしたから、今回は特別に、君の指示を待たずに力を使わせてもらったんだ」

「私の指示……？」

事情はよくわからないが、自分が何かお願いすれば、青年は従ってくれるのだろうか？

「だったらミレア様……蔓で持ち上げている彼女を、地面に下ろしてあげてください。あんな高い場所から落ちたら、彼女は死んでしまいます」

「君を痛めつけようとした彼女を許すのかい？」

「……見殺しにしたいとまでは、思いません」

「優しいんだね。それとも甘いっていうのかな？　まぁいいや。君が望むなら、彼女の命は助けてあげるよ。……血が飛び散っても面倒だしね」

さらりと残酷な言葉を吐きながら、青年が肩をすくめた。

それが合図だったかのように、蔓がゆっくりと縮み、ミレアの体を下ろしていく。

ミレアの足が地面につき、胴体から蔓がほどけた。自由になったミレアは、しかし足腰が立たなかったようで、雨でぬかるんだ地面に座り込んでいる。

「なんなのよ…………？　その男、一体なんだっていうのよ…………？」

――――それは私も知りたいです、と。

フィオーラが心の中で呟いた時。ぬかるみに膝をついたミレアの体が、糸が切れたように前に倒れ込んだ。

「ミレア様っ‼　大丈夫ですか？」

使用人がミレアへ駆け寄った。

自慢の金髪を泥に投げ出し、ミレアが力なく横たわっている。ショックを受け止めきれず、意識を飛ばしてしまったようだ。

ミレアを抱えた使用人が、化け物を見るような目を青年に向け、小走りで屋敷へと戻っていく。

謎の青年と二人取り残され、フィオーラは辺りを見渡した。

「っ⁉　嘘っ⁉」

あるはずのものがなかった。

アルムが、母の形見同然の若木が消えている。

フィオーラは青年の腕を振りほどき、地面へと下り駆け出した。

「嘘……そんな、跡形もなく……？」

アルムが育っていた場所の地面には、ぽっかりと穴が開いている。

燃えてしまった？　だけど、いつの間に？

さっきまで、確かにアルムは存在していた。

目を離してしまった隙に、灰すら残さず燃え尽きてしまったのだろうか？

狼狽しよろけたフィオーラを、青年が腕を伸ばし抱き留めた。

「フィオーラ、そんなに顔を青くしてどうしたんだい？」

「アルムが……お母さまの形見の木が、燃えてしまって……」

大きく穴が開いた地面のように、フィオーラの心にも、穴が空いてしまったようだ。

放心していると、青年が軽く頷いた。

「あぁ、なるほど。僕のことを心配してくれていたんだね」

「え……？　僕のことを心配……？」

「僕は、あの木が人の形をとった存在だよ。姿を変えないと、君を助けられなかったからね」

間に合って良かったと呟く青年の姿に、フィオーラは戸惑いを隠せなかった。

「まさか、そんなわけ………」

「信じられない？　じゃぁ、僕の名前を教えてあげようか」

若葉を思わせる青年の瞳が、フィオーラの瞳をとらえた。

「僕の名はアルム。正確には、アルムトゥリウスというんだ」

「あ………」

フィオーラの中で、たちまち時間が巻き戻っていく。

母がまだ生きていた頃、二人で若木の種を植えたのだ。

『ねぇフィオーラ、この種に、名前を付けてくれるかしら？』

『たねになまえを？』

『そうよ。名前を付ければ、より愛着が増すでしょう？』

『あいちゃく？』

『…………そうね。難しく考えなくても大丈夫よ。フィオーラの好きな名前で、この種を呼んであげてちょうだい』

幼いフィオーラの頭に浮かんだのは、母が話してくれたおとぎ話の、お気に入りの冒険家（ぼうけんか）の名前だった。

『あるむとりーす!!』

『アルムトゥリウスね。フィオーラにはまだ言いにくいから、アルムと呼んであげましょうか』

舌足らずなフィオーラに、母が優しく目を細めたのを覚えている。

アルムトゥリウス。

若木の本当の名前を知っているのは、亡き母とフィオーラの二人だけだ。

母が亡くなってすぐ、フィオーラの持っていた数少ないおもちゃやぬいぐるみは、義母のリムエラに取り上げられてしまった。

もし、若木に名前をつけ世話をしていると知られたら、それすら奪（うば）われてしまうに違いない。

幼心にそう思ったフィオーラは、誰（だれ）にも若木の名を告げず、口を閉（と）ざしていたのだ。

「アルム……それじゃあ、本当にあなたがあの若木なの……？」

そう名前を口にすると、青年の瞳が和（やわ）らいだ。

美しく透明な笑みに、フィオーラの心臓が騒ぎ出す。

「やっと、その名前を呼んでくれたね。今まで何度も呼ばれていたはずなのに、なんでこんなに嬉しいんだろう？」

「アルム……」

信じられないが、この青年があの若木の化身だとしたら、懐かしさを感じたのも当然だった。

虐げられて育ったフィオーラの、唯一といっていい宝物。

なんの奇跡か人の姿をとったアルムを、フィオーラは改めて見つめた。

ほのかに緑がかった銀の髪。若葉色の瞳の輝く美しい顔立ち。背はすらりと高く、細身だが弱々しさは感じなかった。

十七歳のフィオーラより少し年上に見える、しなやかに伸びた若木のような姿だ。身にまとうのは滑らかな光沢の白い衣で、銀糸金糸で縁取りと刺繍がされている。首元の襟は高く、袖口はゆるやかに広がっていた。肩からは深く鮮やかな青の長布を、司祭の色帯のように下げているのが見える。

「その服装、まるで千年樹教団の司祭様の服装を真似したみたいね……」

「それ、逆だよ」

「……逆？」

「真似をしたのは、教団の人間の方さ。だって僕、彼らがあがめる『世界樹』そのものだからね」

「え……？」

アルムの言葉に、フィオーラは目を見開いたのだった。

2章　世界樹の主になりました

——世界樹。

この世界の住人なら誰もが知る、神のごとき一本の大樹の名前だ。虐げられ育ち、世間に疎いフイオーラだって、世界樹と世界樹を祀る千年樹教団のことは知っていた。

（お母さまが、教えてくれたもの……）

小さい頃枕もとで、母が語ってくれた言葉を思い出す。

銀の幹に常緑の葉。

天高く伸びる枝葉と深く大地に張られた根。

世界樹は世界を巡る魔力の流れを整え、数多の奇跡を起こすと聞いている。黒の獣と呼ばれている魔の存在から、人類を守護しているのも世界樹だった。

「アルムが、世界樹……？　でも、若木だった時のアルムの幹は茶色で、背だって、私より頭一つ高いだけでした」

「うん、そうだね。すぐに信じられないのも無理ないよ。正確に言えば、僕は次代の世界樹だし、今までは普通の木に擬態していたからね」

「次の、世界樹……？」

「いかな大樹であれ、いつかは朽ちるものだろう？　今、君たち人間が崇めている世界樹は、あと十年と保たず生を終えるはずだから、次の世界樹である僕が生まれたんだ」

「……そんな、嘘でしょう？」

衝撃の事実の連続に、フィオーラは頭が追い付かなかった。

世界樹のもたらす恩恵なくして、人の世は成り立たないと言われている。世界樹はもう千年近くも鎮座し、人々の間には、代替わりという発想すらなかった。

「君たち人間がどう信じていようと、事実が覆ることはないからね。それに人間だって、昔はきちんと理解していたはずだよ？　世界樹の命はおよそ千年。だからこそ、『千年樹教団』なんて名前をつけたんじゃないかな？」

「あ……」

フィオーラは思わず納得した。

千年万年と長き時を生きる世界樹を祀るから、千年樹教団。

そう聞かされていたが、もっと明快な由来だったらしい。

「今の世界樹は二十二年前、次代の世界樹の種をいくつか生み出したんだ。種は人間たちに託されたけど、上手く発芽し育ったのは僕一人だけだね」

「……世界樹の種というのは、そんなに育ちにくいものなんですか？」

「世界樹を育てた人間は、世界樹の主となり絶大な力を握ることになるんだ。条件が厳しくて当然なんじゃないかな？」

「………主？」

「そう、つまり君だね」

……私が、世界樹の？

とんでもない言葉に、フィオーラは後ずさった。

「そんなこと、あるわけが………」

「信じられない？　じゃあ、証拠を見せてあげる。フィオーラ、君の好きな花はなんだい？」

「……薄紅色の薔薇……」

母が生きていた頃、幼いフィオーラの髪に飾ってくれた花だ。

「よし、わかった。それじゃあ、耳を澄ましていてくれ。――――《種よ生じ、花を咲かせよ》」

アルムの呟きに、フィオーラは目を見開いた。

アルムが口にした言葉は、不可思議な響きをしていた。

なぜか意味は理解できたが、聞いたことのない言葉だった。

「今のは――っ⁉」

突然、足元の土が揺れ、緑の双葉が顔を出す。

新芽はするすると茎を伸ばし葉を茂らせ、瞬く間にフィオーラの背丈ほどに生長した。

丸くころんとした蕾たちがほころび、甘い芳香を放つ薄紅の花弁が開いていく。

アルムは開花を見届けると、淡いピンクの薔薇を一輪摘み取った。

「君が好きだと言うだけあって、良く似合うね」

フィオーラの耳元の髪へ、薔薇が挿し込まれた。

恐る恐るフィオーラが薔薇に手にやると、滑らかな花弁に指が触れる。少ししっとりした、瑞々しい花弁だ。作り物などではない、本物の薔薇のようだった。

「すごい……!!　こんな綺麗な薔薇を咲かせるなんて……!!」

驚きつつ、アルムと薔薇を交互に見る。

思えばさっきも、アルムは蔓を生み出し、ミレアからフィオーラを守ってくれていた。

感謝と称賛のまなざしを向けると、アルムが顔を背ける。少しだけ、耳たぶが赤い気がした。

「……これぐらい、今の僕にだってできて当然だよ。それにフィオーラ、君にだってできるはずだ。咲かせたい花を思い浮かべ、さっき僕が言ったのと同じ言葉を呟いてみるといい」

「……まさかそれだけで、私も同じことができるの？」

未知の力への怖れと、かすかな高揚が、フィオーラの胸を熱くした。

「あぁ。君は僕の主なんだから当然だろう？　ただ、君は慣れていないから、最初は地面に手を付けて命じた方が、やりやすいかもしれないね」

忠告に従い、フィオーラはしゃがみ込み土へと手を置いた。

美しく瑞々しく。薔薇が咲き誇る姿を思い浮かべ、そっと唇を開き命じた。

「《種よ生じ、花を咲かせよ》」

瞬間、意識が大地へと引っ張られるような、何か巨大な存在に繋がったような感覚が訪れる。そしてその感覚の正体について考える間もなく、変化が速やかに始まっていた。

「薔薇が…………!!」

季節を早回しするように、種が芽吹き蔓を伸ばし先端に花をつけていく。

さっきアルムがしたことと、一見同じようだったが――

「数が多すぎるっ⁉」

周囲一帯から一斉に。

勢いよく蔓が伸び葉を茂らせ、薄紅の薔薇を咲かせていく。

四方から薔薇の芳香に包まれ、フィオーラは慌てて立ち上がり周りを見渡した。

屋敷の外れ、まばらに草木の生えるその場所が――

「あっという間に薔薇園に……………？」

しかも、それを成したのは間違いなくフィオーラだ。

恐る恐るアルムを振り返ると、満足げにうなずいていた。

「さすが、僕の主様だ。予想以上だね！」

……私も予想外です、と。

フィオーラは思いつつ薔薇園を見つめた。


――咲き誇る薄紅の薔薇。その花弁がとんでもない価値を持つとフィオーラが知るのは、まだ少し先のことなのだった。

一瞬にして、周囲を薔薇園へと変えてしまったフィオーラ。

激変した風景に戸惑っていると、左の鎖骨の下、心臓のあたりがふいに熱くなった。

「これは……？」

襟を広げ、隙間からそっと胸元をのぞき込む。

あちこちに青あざの残る肌の上にほんのりと、見覚えのない薄紅の痣が浮かびあがっていた。色は薄く、目をこらさないと分からないが、よく見ると薔薇に似た形をしている。

「どうしたんだい？　もしかして、胸かどこか痛むのかい？」

「きゃっ⁉」

アルムが、フィオーラの胸元へと顔を近づけた。

フィオーラは慌てて襟を戻し、反射的にアルムから距離を取る。

アルムに下心や悪気はないようだが、青年の姿をした彼に、肌を晒すのは恥ずかしかった。

「す、すみません‼　少し驚いてしまったんです‼　いきなり胸に、見覚えのない薔薇のような痣ができていたので………」

「あぁ、なんだ。ならよかった。それはきっと、聖華の印だよ」

「聖華………」

──千年樹教団の聖書に曰く。

千年前、世界樹に見いだされた少女には聖なる印、百合の花を象った痣が浮かび上がったらしい。

聖華と称された印を宿した少女は聖女となり、今もその末裔が聖女の称号と力を継いでいるのだ。

「さっき君は、僕の主となり力を使っただろう？　その影響で、聖華が花開いたようだね」

「……まさか、私にも聖女様のような力が……？」

「当代の聖女の力は、既(すで)にもう超(こ)えてるんじゃないかな？　千年前の初代聖女ならともかく、今は聖女の血も薄れてしまっているだろうからね」

私の力が、聖女様以上？

フィオーラが固まっていると、アルムが眉(まゆ)をひそめた。

アルムの視線は、フィオーラの胸の上で重ねられた指先に向いている。

「その指、火傷(やけど)しているね」

アルムの指摘(してき)に、フィオーラは指を見た。

さっきは消火活動に夢中で、火傷したのにも気づかなかったようだ。

「これくらいの傷なら、大丈夫(だいじょうぶ)です。数日もすれば、腫(は)れも引いて治ると思います」

ミレアの嫌(いや)がらせでつけられた火傷と比べれば、かすり傷のようなものだ。

そう思い、アルムを安心させようと微笑(ほほえ)むが、

「えっ？」

柔(やわ)らかな感触(かんしょく)が、指先に触れている。

アルムの形良い唇が、フィオーラの指先をなぞっていた。

「ア、アルム⁉」

慌てて指を引き抜(ぬ)こうとするも、アルムに手首を握られてしまった。

見た目は細身だが、意外と力は強いようだ。

手首を掴(つか)む長い指と、指先に触れる唇の感触。

フィオーラが顔を赤くすると、ようやくアルムが指先を解放してくれた。

「うん。これで大丈夫だ。もう痛くないはずだ」

「……？」

まじまじと指先を見つめる。

火傷はいつの間にか消え失せ、滑らかな肌色を取り戻していた。

「これは、アルムが？」

「世界樹の涙、その樹液は万病を癒やすって、聞いたことがあるだろう？」

「……ありがとうございます」

戸惑いながらも、フィオーラは礼を言った。

アルムの思いやりは嬉しいが、やはり少し恥ずかしい。

さっき胸元をのぞき込もうとしたことといい、指先への口づけといい、どうもアルムは、男女の距離感がわかっていないようだ。

人間ではない以上、感覚が違って当然なのかもしれないが、心臓に悪いことこの上なかった。

ひっそりとため息をつくと、フィオーラは軽くめまいを感じた。

気のせいではなく、足元がふらつくようだ。

「フィオーラ、今日はもう休んだ方がいい。初めて力を使った影響で、体力を消耗しているはずだ。一晩寝れば元に戻るだろうから、体を休められる場所にいこう」

ぼんやりとした頭でフィオーラは頷き、寝床にしている納屋へ向かうことにした。アルムに指摘されたことで、強い眠気と疲労を自覚してしまい、もう耐えられそうになかった。

納屋の扉を開け、敷き布団代わりの藁山へ倒れ込む。

「少し休ませてもらいますね。アルムはその間、どうしますか？」

「ここで待ってるつもりだよ？」

主人を見守る番犬のように、アルムがフィオーラの傍らへと座りこむ。

全身どこもかしこも美しい芸術品のような彼を、粗末な藁山に座らせていることに、フィオーラは罪悪感を覚えた。

それにアルムに下心はないとはいえ、だらしない寝顔を見られるのも気が引ける。

「アルム、その、悪いのだけど、ちょっとだけ、木の姿に戻って、さっきまで植えられていた場所にいてもらうことはできますか？」

「……人の姿の僕は、嫌いかい？」

しゅんとしょげるアルム。

その姿はますます、主を慕う犬か何かのようだった。

「そんなことないです‼　アルムは人の姿も、とても綺麗だと思います。……ただ、今日は色々あったから、一人になって落ち着きたいと思ったんです」

「……わかった。人間には、一人静かに考え事をする時間も必要らしいからね。君に呼ばれるまで、僕は姿を消しているよ。僕も今日は、初めて人の姿になって少し疲れたから、休ませてもらうことにする」

「そうだったんですか………。ありがとうございます。私を助けるために、人の姿で現れてくれたんですね」

「こうして君と、直接言葉を交わせたんだ。それだけで僕は十分さ。僕はこれから少しの間、『種』

の姿に戻り休眠してるから、また会いたいと思ったら、種に触れ僕を起こしてくれ」

「種？」

フィオーラが首を傾げると、アルムの輪郭がほのかに光り、次の瞬間消え失せる。

呆気にとられ、アルムが座っていた場所を見ると、ウズラの卵ほどの、透明な緑の石が転がっていた。

「これがアルムの、世界樹の種……」

アルムの瞳と同じ、美しい緑に輝く種を、恐る恐る手にとる。

種は温かくも冷たくもなく、つるりとした感触だった。寝ている間に転がらないよう、ハンカチで種を包み枕元へ置くと、フィオーラは枕に頭を預けた。

「おやすみなさい、アルム」

そう呟くとフィオーラは、すぐさま眠りに落ちたのだった。

『わたし、あるむとりーすがだいすきっ‼』

高く澄んだ声が響く。

舌足らずの言葉は、幼い日のフィオーラ自身のものだ。

まだ母が生きていた頃、フィオーラは母が枕元で語ってくれたおとぎ話によく胸を躍らせた。

母は物語るのが上手で、いつもフィオーラは夢中になった。

数あるお話の中でも、冒険家(ぼうけんか)のアルムトゥリウスの話は一番のお気に入りだ。

大好きな登場人物への憧(あこが)れを告げるフィオーラへと、母が柔らかく微笑む。

『フィオーラがアルムトゥリウスを好きになってくれて、良かったわ。フィオーラが大きくなっても、彼の名前を忘れないでいてね？　そうすれば、もしかしたら――』

「あるむとりーす……」

寝起きの頭で、フィオーラはぼんやりと呟いた。

壁(かべ)の隙間から、光が斜(なな)めに差し込んでいる。

この明るさは、おそらくもう朝だ。懐(なつ)かしい夢を見ていた気がするが、目覚めの光を浴び、内容は溶(と)け消えていた。

「………アルム、おはよう」

枕元の、緑色の種へと声をかける。

まだ休眠しているようで、返事はなかった。

（……アルムを起こす前に、井戸(いど)で顔を洗わなきゃ）

寝起きの乱れた姿を見られるのは抵抗(ていこう)がある。

アルムの石をドレスの中に隠(かく)し、納屋を出た。

（アルムのこと、薔薇のこと、なんて説明しよう……）

フィオーラが考えながら歩いていると――

「っ⁉」

強い衝撃。

後頭部に痛みが走り、そのまま倒れこんでしまった。

立ち上がれずうずくまっていると、腕を後ろにねじりあげられる。

叫ぼうとした口は布で塞がれ、声を封じられてしまった。

(痛いっ‼　何⁉　なんなのっ⁉)

痛みと恐怖に、必死で視線を巡らす。

屈強な男性二人に両脇から、押さえつけられているようだった。

「捕まえたぞ‼　この汚らわしい異端者め‼」

正面には唾を飛ばし、怒鳴りつけてくる男性。小太りで、どこかアルムの衣装と似通った服を着ている。

(まさか千年樹教団の関係者⁉)

なぜ彼らがここに？

なぜ自分は罵られて？

頭の中が疑問で埋め尽くされ、ついで聞き覚えのある声が飛び込んできた。

「あははっ‼　惨めねフィオーラ‼　あんたなんか、そうやってドブネズミのように這いつくばってるのがお似合いよ‼」

異母姉のミレアだ。

いきなり何をするの？　と言いたいが、口に布を噛まされているせいで声が出なかった。

這いつくばるフィオーラの背を、ミレアが足で踏みつけてくる。

「〜〜〜っ‼」

声もなく悶絶する。

ヒールが容赦なく食い込み、肉が抉られるようだ。

もがくフィオーラに、ミレアが哄笑をあげた。

「昨日、私を馬鹿にしたお返しよ‼　この後、罪人のあんたが味わう苦痛に比べたら、ずっと優しいものでしょうけどね‼」

何を言っているのだろうか？

まるでフィオーラが、罪人か何かのような口ぶりだ。

狼狽するフィオーラに気づいたのか、ミレアが唇を吊り上げる。

「あんたが昨日何をやらかしたか、忘れたわけじゃないわよね⁉　怪しい男を引き込んで植物を操って、うちの庭を無茶苦茶にしたじゃない‼　あんなことができるのは不法に所持した樹具しかないでしょう⁉」

――――樹具。

それは奇跡を行使しうる道具だ。

世界樹は常緑樹だが、時折、伸びすぎた枝や葉を落とすことがある。

落ちた枝葉を加工し樹具という道具にすれば、人間でも奇跡の一端が使えるようになる。

強力な力を宿す樹具はとても貴重な道具で、千年樹教団や国が優先的に管理するのが決まりだ。それ故、許可なく樹具を保持し使用したのが発覚すれば重罪だった。

どうやらミレアは、昨日のアルムの見せた力を、全て樹具によるものと考えたようだ。

伯爵家の伝手を辿り、違法な樹具所持の存在を、千年樹教団者に告げたに違いない。

「前から卑しい奴だと思っていたけど、ついに本性を現したわね？　樹具の不法な所持も、所持者への協力も、許されざる大罪よ‼　火あぶりになるか八つ裂きになるか、とてもとても気の毒ね‼」

全く気の毒だとは思っていない口調で、ミレアが言い放った。

言い返したいが、口元の布のせいで声が出ない。

どうにかして布を外そうともがくと、頬にじっとりとした手が触れてきた。

「……っ⁉」

「ほほぅ？　汚らわしい罪人がいると聞いて来てみたが、顔立ちはなかなかに美しいな」

背筋が粟立つ。

小太りの中年男は教団の人間のようだが、聖職者らしさは微塵もなかった。

フィオーラを嘗め回すように見る視線は、泥のようにねばついている。

「不正な樹具所持者を引き込んだ女、か。もしかしたら、服の中に樹具を隠し持っているかもしれないな。仕方ないから、俺が直々に検めてやることにしよう」

伸びてくる男の手から逃れようと、フィオーラは必死で身をよじった。

昨日のアルムの手とは、まるで違う気持ち悪さで――

（アルム‼）

思い出す。

痛みと混乱で頭から抜けていたが、アルムなら自分を助け、誤解を解いてくれるはずだ。

（っ‼　あんなところに⁉）

アルムの眠る種を包んだハンカチ包みが、目の前の地面に転がっていた。

いつの間にか、ドレスの中から落ちてしまったようだ。

「何？　あんた、これが気になるの？」

ミレアの足がハンカチ包みを蹴り、種が中から転がりだした。

「何よこの石？　まさか、これが樹具なのかし――――きゃっ？」

種に触れたミレアの腕が、弾かれたように跳ね上がる。

「……誰だい？　フィオーラ以外、僕に触れることは許してないはずだよ？」

突然、眩い光と共に種が消え、アルムの姿が現れた。

アルムは地面に降り立つと、引き倒されたフィオーラの姿に怒りをたぎらせた。

「フィオーラ⁉　お前たち、彼女に何をしたっ⁉」

フィオーラを押さえる男たちを睨みつける。

「ひいっ⁉」

「なんだこれ、蔓がっ⁉」

突如伸び上がった蔓が、男たちに巻き付き引き倒す。

男たちから解放されたフィオーラを、アルムが素早く抱き寄せた。

「フィオーラお願いだ‼　返事をしてくれっ‼」

「っ、ごほっ……………アルム………」

猿ぐつわを外されたフィオーラの口から、アルムの名と共に小さな血の塊が飛び出す。

「血っ⁉　肺が⁉」

「殴られた衝撃で、口の中が切れたみたいです…………」

フィオーラが喋ると、口内に鋭い痛みが走った。

痛みに耐えアルムに事情を説明しようとすると、甲高い悲鳴が響いた。

「いやあぁぁっ‼　腕が‼　私の腕がっ⁉」

金髪を振り乱したミレアだった。

棘がびっしりと生えた蔓が、右手の指先から肩まで絡みついている。

ミレアが必死になって蔓を外そうとするが、棘が刺さり血が滲むだけのようだ。

「ミレア様の、あの腕は……？」

「フィオーラの許可なく眠る僕に触れようとしたから、防御機構が発動しただけさ」

「だから、アルムに触れた箇所から蔓が……。ごめんなさいアルム。私の不注意で力を使わせ――」

「きさまらっ‼　何をしたのだ？」

怒鳴り声が、フィオーラの言葉に覆いかぶさった。

先ほど、フィオーラの体に触れようとしていた小太りの男だ。

彼も蔓に巻き付かれていたはずだが、どさくさ紛れに、部下たちに救出されていたようだ。

男は顔を真っ赤にし、部下たちと共にフィオーラへ剣を向けてきた。

「落ち着いてください‼　私たちに、あなたがたを害するつもりはありません‼」

「ふざけるなっ‼　俺を蔓で縛り上げたくせに何を言うっ⁉　異端者が言い訳をするんじゃない‼」

男は聞く耳を持たないようだった。

どうしようとフィオーラが焦ると、アルムの冷えた声が響いた。

「人間は、相互理解のために言葉を使うんじゃないのかい？　なのに言葉で分からないなら、排除する他ないね。血が飛び散るとめんどくさいけど……」

「待って。アルム待って」

「何だい？　また止めるのかい？」

「……違います。お願いしたいことがあるんです」

フィオーラはアルムを見つめた。

「私は、アルムの主なんですよね？」

「そうだよ？　僕にとって、君はただ一人の主だ」

「……ならば、お願いします。私たちへと剣を向ける方たちを一人残らず、蔓で縛り上げ地面に転がしてください」

フィオーラは緊張しながらも、主としてアルムへ命じた。

命令と呼ぶには弱々しい、震えた声だったけど――

「承ろう。僕も望むところだ！　――――《種よ生じ、蔓となり戒めとなれ》」

アルムが口にした不思議な響きの言葉と共に、一斉に蔓が伸びあがった。

「うおぉぉぉぉっ？」

「動けねぇ⁉」

「きゃぁぁぁぁぁあっ⁉」

男たち、ついでにミレアも巻き込まれ、蔓で縛り上げられ地面へと転がっていた。

混乱し叫ぶしかないミレアたちとは対照的に、一瞬にして十人以上もの人間を無力化してのけたアルムは、涼しい顔をしている。

フィオーラはアルムに感謝しながら、そっと胸を撫でおろした。

(良かった……。アルムに人を殺させなくてすんだみたい……)

さっきのアルムは、男たちへ冷えきった視線を向けていた。

あのまま傍観していたら文字通り、血の雨が降っていたに違いない。

アルムはフィオーラを害する者に容赦なく、人間とは倫理観もズレている。

フィオーラに触れようとした小太りの男はともかく、他の人間は男の指示に従っていただけだ。

そんな人間を傷つけては後味が悪いし、アルムも、人殺しとして追われてしまうかもしれない。だからフィオーラは、殺さず無力化するよう命じたのだが、無事成功したようだ。

フィオーラが一安心していると、アルムが首を屋敷の門の方へと巡らせた。

「新手だね」

数人の人間がやってくる。

小太りの中年男と似通った服装。おそらく、千年樹教団の人間だ。

その先頭には、茶色の髪の青年が立っている。白のローブには金の刺繍が施されており、緑の濃淡の美しい色帯を両肩から下げていた。理知的な深い青色の瞳をフィオーラへ向け、青年は誰何の声をあげた。

「あなたたちは何者で、ここで何をしているのですか?」

　こちらを警戒しているようだが、いきなり襲い掛かってくることはなさそうだ。

「そこに蹲っているジラス司祭は、わが千年樹教団の人間です。あなたがたは、我が教団と争うつもりですか？」

「そのようなつもりはありません。身に覚えのない罪を被せられ捕らえられそうになったので、身を守ろうとしただ――――」

「その小娘に騙されてはいけません‼」

　蔓に絡めとられ這いつくばっていた男――ジラスがフィオーラをねめつける。

「その小娘と男こそが樹具を持つ異端者です‼　さっさと殺してください‼」

「？　なんですって？　あなたがたが、情報にあった不法な樹具の持ち主なのですか？」

　茶髪の青年が表情を険しくした。

　右手に持った杖を構え、油断なくフィオーラたちを見据える。

　その様子と杖を見たアルムが、小さく眉をあげた。

「へぇ。君は樹具の使い手か。なら話が早いね」

　話が早い？

　フィオーラがどういうことかと思っていると、アルムが形良い唇を開いた。

「――――《分かたれし枝、息吹を吹き返し根付くべし》」

「なっ⁉」

　変化は劇的だ。

　青年の持つ杖が震え、枝や葉が伸びだした。

杖は青年の手を離れ、急速に樹木へと変化していく。

「こんなことが……まさか……」

青年が茫然と呟く。

その傍らには、銀の幹に緑の葉を茂らせた、一本の木が生えていた。

「っ⁉　なんだなんだ⁉　またその男が、不法に樹具を使ったの――へぶっ⁉」

わめくジラスの声が、打撃を受け途切れた。

手を上げたのは、眉間に皺を寄せた青年だ。

「黙りなさい。あの少女と銀髪の青年は、あなたが罵っていい相手ではありません」

「何をするのですかっ⁉　異端者を庇うなど見損ないまし、ぐぅっ‼」

青年が再び、ジラスを殴りつける。

容赦も手加減もない一撃だった。

「黙りなさいと言いました。あなただって、教団の人間なら知っているはずです。樹具とは世界樹より落ちた枝葉を加工した道具です。その樹具をこのように変化させられるのは聖女様本人か、聖女様に比肩する存在しかいらっしゃいません」

「っ……‼」

ジラスが、恐れおののきフィオーラを振り返る。

その瞳には驚愕と狼狽、そして焦りと怯えが滲んでいた。

「す、すみませんでしたっ‼　俺、いえ私はそのような事情は知らなかったんです‼」

「へぇ？　ただの勘違いで、フィオーラを捕え痛めつけたんだ？」

アルムの一瞥にジラス司祭が震え、青年が深々と頭を下げる。

「どうか慈悲をお恵みください。ジラスには我が教団から、罰を与え罪を贖わせます。お望みとあれば、この場で幾度でも鞭をいれますので、どうか命だけはご容赦くださいませ」

聞き間違えようのない、それは命乞いの言葉だ。

フィオーラは小さく震え、そして青年の考えを悟った。

(そうか。だから彼はさっき、ジラス司祭を派手に殴りつけたのね。自らジラス司祭に制裁を加えることで、私たちの怒りを少しでも収め、ジラス司祭に重い罰を要求されないよう、庇っていたのよ……)

フィオーラは無言で考え込む。

ジラスには痛い目にあわされたし、生理的に受け付けない相手なのも確かだ。

だが、彼の命まで奪う重荷をフィオーラは背負いたくないし、ひとまず青年の意図を汲んだ方が、上手く話が進む気がした。

「……不幸な誤解もありましたし、今後ジラス司祭が私たちの前に姿を現さないと約束していただければ、それで私は大丈夫です。……アルムも、それでいいですか？」

「う～ん、まぁ妥当かな？　その代わり――」

アルムの唇が、不思議な響きの言葉を吐き出した。

「ひいいぃいいぃいっ!?」

ジラスを、鋭い棘を持った蔓が取り囲んだ。

「もし次、君が僕たちの前に姿を現したら、その時は容赦なく排除するつもりだ。二度とフィオーラの前に姿を現さないよう、よく考えて彼への罰を与えておいてくれ」

「……寛大なお言葉、感謝いたします。ご慈悲に応えられるよう、約束は守りたいと思います」

青年と、そしてジラスが頭を下げた。


――その後、ジラスは辺境へ左遷されることになる。

ジラスが失脚したことで、その後フィオーラが彼の姿を見ることはなかったのだった。

フィオーラたちへと頭を下げた青年は、ハルツと名乗る司教だった。

司教ということは、司祭であるジラスより上の位階だ。

年齢はせいぜい二十代半ばのようなので、かなり早い出世と言えた。

（でも、樹具を使える方なんだから当然なのかも……）

樹具を扱えるのは生まれつき素質を持った、一握りの人間だけだ。

フィオーラがハルツを観察していると、わずかに眉をひそめるのが見えた。

「すみません、まだお名前をうかがっていなかったと思うのですが、お聞きしてもよろしいですか？」

「……フィオーラ・リスティスです。父は伯爵家の当主ですが、母は平民の侍女でした」

「そうでしたか……。この度のジラスの非礼、重ね重ね、誠に申し訳ありませんでした」

再び頭を下げるハルツに、フィオーラは居心地が悪くなってしまう。

自分より背丈も年も地位も上の相手に頭を下げられ、落ち着かなかった。

「どうか頭を上げてください。ハルツ様は私たちの話を聞いて、ジラス司祭をいさめてくれたんです。おかげでとても助かりました」

「ですが、ジラスの罪は、簡単には許されないものです。フィオーラ様は全身泥まみれで、青あざがいくつも出来てしまっています」

「あ…………」

手荒く扱われていたせいで服がずり落ち、青あざの散る肩がむき出しになっている。

乱れてしまった服装を、フィオーラは慌てて整えた。

「見苦しい肌を見せてしまい、申し訳ありません。ですがこの痣は、前からできていたもので、ジラス司祭とは関係ないものです」

「……そうですか」

ハルツは少し驚きながらも、フィオーラの言葉を真摯に受け止めてくれたようだ。

「わかりました。ですがどちらにせよ、フィオーラ様には休養が必要です。我が教団が部屋を用意します。いらしていただけますでしょうか？」

ハルツの申し出に、フィオーラはアルムを振り返った。

「せっかくなので、申し出を受けたいと思うのですが、どうでしょうか？」

ジラスの件もあり、教団への警戒心はもちろんあった。

だが、ハルツは悪い人間ではなさそうだし、このまま伯爵家にいては、またミレアが手を出してくる可能性もある。

加えてこれ以上アルムを、粗末な自室に招くのはさすがに躊躇われた。

「……うん。いいんじゃないかな？　いざとなったら、僕がどうにかするつもりだから、安心するといいよ」

「ありがとうございます。……ですがその、どうにかする前に私に教えてくれると、とても私は助かります……」

アルムは絶大な力を持っているが、人ではないが故、さじ加減がわかっていないようだ。

フィオーラはアルムの主として、気を付けなければいけなかった。

フィオーラを教団の施設へと送り出した後、ハルツは伯爵家の屋敷へ足を向けた。

いくつか気になる点があり、まずはそれをはっきりさせるためだ。

「ハルツ様っ‼　お待ちしておりました‼」

伯爵家の屋敷に入った途端、ミレアが走り寄ってくる。

その右腕は忌まわしいものを封じるように、幾重にも布が巻かれていた。

「あなたは、伯爵家のご令嬢のミレア様ですね？」

「そうよ‼　だからこの腕を、早く治してくださいませ‼」

唇を噛みしめ、ミレアが布を解いた。

「これは…………」

赤黒い棘模様が掌(てのひら)から肩まで、戒(いまし)めのように浮かび上がっている。

巻き付いていた蔓はどうにか外せたようだが、肌と一体化した痣が残ってしまったようだった。

「ハルツ司祭は樹具を使える、選ばれしお方なんでしょう？　この気持ちの悪い痣くらい、あっという間に消して――――」

「無理です」

ミレアの訴(うった)えを、ハルツはばっさりと切り捨てた。

「そんなっ⁉　どうしてですか？」

「その痣のできた原因を知ったからです。あなたがフィオーラ様をいたぶろうと、種になっていたアルム様に触れたせいで、右腕を棘で戒められてしまったんでしょう？」

「ち、違いますっ‼　わたしはあのおん、いえ、フィオーラが落とした持ち物を、拾ってやろうとしただけです‼」

「……あくまで、フィオーラ様を思ってのことだったと？」

「そうです‼　だってあの子は、私の妹なんですもの‼」

白々しく言い募(つの)るミレアに、ハルツはため息をついた。

「下手な嘘はおよしください。あなたが嬉々(きき)としてフィオーラ様を足蹴(あしげ)にするさまを、ジラスの部下が何人も見ています。……それにそもそも、フィオーラ様を異端者と言い出したのは、あなただったと聞いています」

「っ‼　ですが、あの子は、私の妹です。私に醜(みにく)い痣が残ったと知れば、あの子だって悲しむはずでしょう？」

　同意と同情を求め伸びてきた手を、ハルツはすげなく振り払った。

「醜い痣？　ならばあなたこそ、フィオーラ様に謝るべきではありませんか？」

「なっ⁉　どうして私が、謝らなきゃいけないのよ⁉」

「…………あくまでとぼけますか」

　ハルツはフィオーラの姿を思い出す。

　美しい顔立ちをしていたが、体は哀れなほど細く、身にまとう服も粗末なものだった。

　肩口にのぞいた青あざも、自然にできたというには無理のある数と大きさだ。フィオーラが日ごろ家族からどのように扱われているか、想像するのは容易いことだった。

「そちらの家族の事情については、また調べさせていただくつもりですが……。いずれにしろ、その腕を私どもが治すことは不可能です。治せるとしたら、フィオーラ様しかいないと思います」

「嘘でしょう⁉」

　現実を受け入れられないミレアへと、ハルツは一礼し立ち去った。

　フィオーラのためにやるべきことが山積みになっている今、もはやミレアに、関わる時間はないからだった。

「フィオーラ様、どうぞこちらへ。お待ちしておりました」

フィオーラたちが千年樹教団の建物に到着すると、シスターがずらりと待ち構えていた。

ハルツがあらかじめ早馬で指示を出し、素早く準備を整えてくれていたようだ。

「ハルツ様は所用を済ましていらっしゃるそうなので、それまでの間、私どもがフィオーラ様のお世話をさせていただきます。こちらの建物で、ゆっくりとお寛ぎくださいませ」

「お心遣い、ありがとうございます」

フィオーラは礼を述べ、目の前の建物を見上げた。

この地方の、千年樹教団の活動拠点だ。

磨き抜かれた白い石を組んだ造りで、柱には世界樹の枝葉を模した浮き彫りが施されている。

泥だらけのフィオーラが足を踏み入れるには、あまりにも恐れ多い建物だ。

シスターたちに建物内に導かれ、体を小さくしていると、気遣われるように声をかけられる。

「フィオーラ様、肩の力を抜いていただいて大丈夫ですよ。本日はお疲れでしょうから、身を清め体を休めていただき、ハルツ様との詳しいお話は、明日になってからと承っています」

「……助かります」

シスターの言葉に恐縮していると、やや奥まった場所にある、タイル張りの一室に案内された。

「これからフィオーラ様には、湯舟に浸り汚れを落としていただきたいと思います。アルム様も湯あみがご希望でしたら、すぐに別室に湯を用意させて――」

「いや、必要ないよ。ここでフィオーラを見守っているからね」

「……え？」

シスターが、戸惑った様子でフィオーラとアルムを見た。

「フィオーラ様と、一緒に湯あみをなさるのですか？」

「何か問題があるのかい？」

「いえ、ただ、お二人はそういう関係だったとは知らず――――」

「違います!!」

フィオーラは慌てて訂正に入った。

「アルムと私は、決してそのような間柄ではないです。アルムは少し、その、特殊な育ちをしているので、男女の感覚が人とは異なっているだけです」

アルムの正体について、どこまで明かしていいかわからないため、妙に言い訳がましくなってしまった。

「アルム、傍にいてくれようとするのは嬉しいのですけど、少し別の部屋にいって――――」

「嫌だよ」

即答だった。明確な拒絶の返答だ。

「僕が君の傍を離れていたせいで、君が痛めつけられてしまったんだ。同じ間違いは、もう繰り返さないつもりだよ」

「それは………」

アルムの言葉にも一理あった。

フィオーラを主と慕うアルムの心配を思えば、離れたくないというのも当然だ。

当然だったが、これについてはさすがに、首を縦にふることは出来なかった。

「心配をかけてしまって、すみませんでした。でも、今はミレア様もジラス司祭もいませんし、いきなり襲われるということもないと思います。少しの間なら、私一人になっても大丈夫なはずです」

「……それは命令かい？」

少しすねたような、しょげたような様子でアルムが呟いた。

超然とした美しい青年の姿をしたアルムが、今だけは子犬のように見える。

フィオーラが罪悪感に駆られていると、シスターが苦笑しつつ口を開いた。

「では、提案がございます。フィオーラ様の安全のため、湯あみされている間も、私どもシスターが仕切り越しに同じ部屋に控えているつもりでした。アルム様も、私どもとご一緒なさいませんか？」

「………仕方ない。そうするよ」

不服そうにしながらも、アルムはシスターの申し出に従った。

納得はしていないようだが、フィオーラの意思を尊重してくれたようだ。

フィオーラは服を脱ごうとし、少し躊躇していた。

仕切り一枚隔てた向こうに、シスターとアルムが控えているからだ。

（直接体が見えるわけじゃないから、大丈夫……）

すぐ近くにアルムの気配を感じたが、気にしないよう自身に言い聞かせ服を脱いでいく。

水浴びをしたり、湯を含ませた布で体を拭いたことはあったが、全身湯に浸るのは初めての体験だ。

　仕切り越しのシスターの説明に従い、かけ湯をしてから足を浸していく。

「気持ちいい…………」

　固まっていた筋肉がほぐれていくような、言葉にできない心地よさだ。

　ゆっくりと息を吐き、全身を軽く布で拭っていく。

　青あざに触れると痛かったが、その痛みも溶けていくような心地よさに、フィオーラはハルッとシスターたちに感謝した。

　湯あみを終え髪をぬぐうと、用意されていた服に袖を通す。シスターたちの着用しているのと同じ、襟付きの白いドレスだった。

「私どもシスターの予備服ではお気に召さないかもしれませんが、申し訳ありません。すぐにお体にあうドレスが準備できなかったこと、どうかご容赦くださいませ」

「新品の服を与えていただけて、こちらこそ申し訳ないくらいです」

　申し訳ありません。

　いやいやこちらこそ………。

　そんなやり取りの後、フィオーラは用意された一室に案内された。

　寝台と長椅子、テーブルの備え付けられた清潔で広々とした部屋には、当然のようにアルムも入室してくる。

　シスターたちが一礼し下がると、アルムと二人取り残される。

　夕飯までしばらくあるので、自由に過ごしてほしいとのことだった。

「……フィオーラ、ようやく二人きりになったわけだし、お願いがあるんだ」

「なんですか？」

「服を脱いでくれ」

真顔でアルムが言い放つ。

フィオーラは思わず硬直してしまった。

「…………もしかして、私の肩にある痣を見てしまったんですか？」

「肩だけじゃない。服で見えにくいけど、腕にだって、痣がのぞいているじゃないか」

指摘され、フィオーラはぎくりとした。

咄嗟に袖を引っ張り痣を隠そうとして、今更意味がないと諦める。

「はい。私の体には青あざがありますが、どれも自然と治るものですから、大丈夫です」

フィオーラは嘘をついた。

肌にあるのは、青あざだけではなかった。

義母のリムエラに火かき棒を押し付けられた醜い傷痕を、アルムに知られたくなかったからだ。

ヘンリーに傷痕を知られ婚約破棄された一件で、フィオーラは臆病になっていた。

「大丈夫じゃない。僕が気にするんだ。僕が唇をつければどんな傷も痣だって、瞬く間に癒やすことができるんだ。フィオーラはただ、僕に身をまかせてくれていればいいよ」

「……アルムの気持ちは、嬉しいですけど……。でも、その、肌を晒すのは……」

「？　どうしてだい？」

アルムが首を傾げた。

「君たち人間の、特に君のような年頃の少女が、知らない人の前で肌を出すのを躊躇うのは知っているよ。けど、今ここにはフィオーラと僕しかいないんだから、何も問題ないだろう？」

「…………問題、大ありです」

軽い頭痛を覚えつつ、フィオーラはアルムを見つめた。

（アルムとは、ズレがある。人の姿で、言葉が通じるから勘違いしてしまうけど、やっぱり人間ではないのよね…………）

人間ではないが、姿かたちは人間そのものなのが複雑だ。

フィオーラとしては、獣や植物を相手にするように振る舞うのも難しかった。

アルムが麗しい青年の姿をしている以上、恥ずかしさは消せないからだ。

「とりあえず今日のところは、服で隠れた部分への口づけは、やめにしてもらえませんか？　体は癒やされても、心が疲れてしまうんです」

「……精神的な問題、か。それなら仕方ない。あいにく僕は、人の複雑な心の動きはわからないからね」

アルムが頷いていた。

感覚のズレがあるアルムだが、フィオーラの意思は尊重してくれるようだ。

フィオーラが安堵していると、アルムが右手で部屋に備え付けのコップを持っていた。

「アルム、どうしたの？　喉が渇いたんですか？」

アルムの本性は世界樹。神がかった力を持っているが、植物であることは変わりない。

植物の本能として、水を求めているのだろうか？

水差しを手にするが、アルムに止められてしまった。

「違うよ。今必要なのは水じゃない。君の痣を癒やすことだ」

だからこうしよう、と。そう呟いたアルムが。

コップに水をそそぐような、それこそ何気ない動作で。

「なっ⁉」

右指から鋭い棘を伸ばし、おもむろに自らの左手首をかき切った。

「アルムっ⁉」

透明な液体が、アルムの手首から噴き出した。

(世界樹の血は透明なの⁉)

血か体液か、あるいは樹液なのかはわからないが、かなりの量があふれ出ている。

「止まらないっ⁉　早く止血しないと‼」

「何を慌ててるんだい？　じきに止まるよ？」

アルムの言葉通り、傷口に銀の光が集まり、傷痕を覆い隠していく。

光が消えた時には、染み一つない肌が戻っていた。

「良かった………。でも、どうしていきなり手首を？」

「樹液を集めるには、これが一番手っ取り早いだろう？」

そう言ってアルムは、右手に持ったコップを持ち上げる。

混乱するフィオーラをよそに、コップで樹液を受け止めていたようだ。

「この樹液を肌につければ、すぐに青あざは消えるはずだ。この方法なら、僕が口づけする必要はなくて、フィオーラにも負担がないだろう？」

「……ありがとうございます。でも、今のようなことは、もう二度としないでくださいね？　私の心臓に悪いですし、アルムだって痛いでしょう？」

「痛いけど、問題はないよ。人の姿を取ったせいで、痛みを感じる機能も備えてしまったけど、すぐに元に治るなら、痛みなんて大した問題じゃないだろう？」

「……やっぱり、痛かったのね」

フィオーラは肩を落とした。

手首を切った時、アルムは一瞬顔をしかめていた。

傷痕は残らなくとも、痛いものは痛いようだ。

「アルム、お願いです。次からは怪我をしたらすぐ報告するようにします。……二人きりの時、口づけでもなんでもしてもらって結構ですから、いきなり自分の体を傷つけるのはやめてください」

「口づけは、恥ずかしいんじゃなかったのかい？」

「……今みたいなことをされるより、ずっとそちらの方がいいです……」

正直、どちらも避けたいのがフィオーラの本音だ。

だが、アルムの行動がフィオーラを思いやってのものである以上、彼に痛みを押し付けるのは嫌だった。

「他人の痛みより、自分の恥ずかしさの方がマシ、か。フィオーラ、君ってもしかして、変人って呼ばれたりしてない？」

「……たぶん、アルムの方が、人間基準だとよほど変わっていると思います」

フィオーラに対しては優しく、聞き分けのよいアルム。

だが彼はどこまでも、人間とは異なる生き物なのだ。

油断すればすれ違い、当たり前のような顔をして手首を切ってくる。

————気を付けなければ、と。

流された透明な血に、改めて思い知らされたフィオーラなのだった。

アルムの血と思いやりを無駄にしないよう、フィオーラは青あざを癒やすことに決めたようだ。

目隠しの衝立の向こうにいるフィオーラの様子を窺い、アルムは彼女のことを思った。

(自分が恥ずかしい思いをするより、僕が痛みを感じる方が嫌、か…………)

アルムにとっての痛みは、意味のない雑音のようなものだった。

痛みを感じた瞬間は不快であれど、すぐに傷口はふさがっていく。

後遺症もなく元通りなのだから、フィオーラの心配は無用のはずだったが、

「嬉しかったな……」

フィオーラに心配されたところで、痛みそのものがなくなるわけでも、体に変化があるわけでもない。

にもかかわらず、アルムはなぜか嬉しかった。

自分でも理解できない感情の動き。
フィオーラの一挙一動に、アルムは心を揺らされていた。
(不思議な、でも、悪くない感覚だ…………)
人の姿を取った影響だろうか？
わからないが、不快ではない感覚だ。
もっとフィオーラと関わり、傍らで守り声を聴きたい、と。
そう願うアルムだった。

アルムの言葉通り、透明な血は、速やかに効果を発揮していた。
見る見るうちに青あざが消え傷痕が癒え、滑らかな肌が現れる。
(ずっと昔につけられた火傷の痕まで…………!!)
醜くひきつれた肌が、赤子の肌のような弾力を取り戻していく。
二度と消えることはないだろうと思っていた傷痕が、幻のように消え去っていた。
(すごい……!!)
変化が現れたのは、肌の表面だけではなかった。
傷と青あざの消えた体は、羽が生えたように軽く動く。
長年蝕まれていた傷痕の疼痛が消え失せ、まるで生まれ変わったようだった。

「アルム‼　ありがとうございます‼」

服を身に着け、アルムへと駆け寄った。

「見て下さい‼　すっかり痣が綺麗になりました‼　体も軽くて、こんなに滑らかに動きます‼」

言葉の勢いのまま、その場で横に一回転した。

更に一回転二回転とすると、フィオーラは黙り込むアルムに気づいた。

「アルム、どうしたんですか……？」

調子に乗ってはしゃぎすぎたせいで、引かれてしまったのだろうか？

様子をうかがうと、アルムがゆっくりとまばたきをした。

「……なんでもないよ。青あざが消えたなら、それで僕は満足だ」

そう言って瞳を細めるアルムは、相変わらず飛びぬけた美貌だが、年頃の人間のように見えた。

フィオーラは美しい笑みに惹かれつつ、思い切って気になっていたことを聞いてみた。

「アルムが人の姿を取ったのは、昨日が初めてなのよね？　アルムは言葉が滑らかで、表情も自然で、人間二日目とはとても思えませんね……」

「僕の自我、人間でいう意識ってやつかな？　それ自体はもう何年も前からあったからね」

「……以前から意識が……」

若木に擬装していた時のアルムは、当然だが言葉をしゃべることも動くこともなかった。

不思議に思っていると、アルムが少し考え口を開く。

「そこらへん、人間とは仕組みが違う、としか言えないかな？　僕という存在が発生した瞬間から、先代の世界樹からいくつかの知識が受け継がれていて、その中には人間の使う言葉の知識もあったんだ」

「……生まれた時すでに、言葉を理解できてたんですね」

さすが神にも等しい世界樹だと、フィオーラとしては感心するしかなかった。

「ではアルムはずっと、十四年前に伯爵邸に植えられた時から、人間の言葉を聞いていたんですか？」

「正確に言えば、もっと前からだね」

「……………ひょっとして、種の頃から？」

「あぁ、その通りだ。二十二年前、種として生まれた時から、僕の存在は始まったんだ。もっとも、種の頃はぼんやりとした自我しかなかったから、はっきりと記憶があるのは、十四年前に発芽したあとからだね」

「人間でいう、『物心がついた』という状態でしょうか？」

「うん、上手い喩えだ。たぶん、そんな感じじゃないかな？　僕の外見年齢、あまり深く考えずこの姿になっていたけど、種が生まれた二十二年前と、発芽した十四年前のちょうど間の、十八歳くらいの人間に見えるだろう？」

「十八歳……。私の一つ上ですね」

フィオーラは、自身とアルムの外見を見比べた。

美しいアルムと、発育不良な自分を比べるのは失礼かもしれないが、確かに外見は、十七歳の自分より少し上のように見える。

美貌の人の姿をとり、絶大な力を持つアルム。

彼がフィオーラを慕うのは、ひとえにフィオーラが、若木の姿のアルムの世話をしていたからに違いない。

(つまりは、鴨の刷り込みのようなものですよね………)

虐げられ、何も持っていなかった自分が世界樹の主になるなんて、今でも信じられない話だ。

この先どうすべきかフィオーラが考え込んでいると、控えめに部屋のドアをたたく音が鳴った。

気づけば、窓外の空は黄昏へと暮れている。

思い悩んでいる間に、結構な時間が過ぎたようだった。

「ハルツです。お部屋に入ってもよろしいでしょうか?」

「はい‼」

素早く服の乱れを直し、ハルツを迎え入れる。

部屋へと入ってきたハルツは、フィオーラの姿を見て固まっていた。

「ハルツ様………?」

戸惑いを含んだフィオーラの声に、ハルツは我に返った。

まだ覚めやらない驚きを抱えながら、フィオーラの姿を凝視する。

(整った顔立ちをしているとは思いましたが、想像以上ですね………)

顔にこびりついた泥が湯で落とされ、汚れた衣服は着替えられていた。

ただそれだけで、驚くほど印象が変わったのだ。

(最初に見た時は、せいぜい十二、十三の少女かと思いましたが………)

今ではハルツにもわかっていた。

細い手足も、十代後半にはとても見えない小柄な体も、全ては家族に虐げられていたせいだ。

満足に食事が与えられずやせ細り、泥と汚れにまみれていたフィオーラ。

華奢な体はそのままだが、今の彼女は見違えるように、年相応以上の美しさを見せ始めていた。

(今の姿で彼女が外に出たら、また一波乱ありそうですね………)

聖女にも匹敵する力に、十代後半の瑞々しく美しい容姿。

フィオーラへと向けられる人々の欲と視線を想像し、ハルツは彼女の今後を思いやったのだった。

3章　樹歌と黒の獣

ハルツは部屋に入るやいなや、なぜか笑顔で固まってしまっていた。

フィオーラはその姿に、少し不安になってくる。

「ハルツ様、どうなさったんですか？　もしかしてどこか、お加減が悪いのですか？」

「……いえ、なんでもありません。少し驚いていただけです」

ハルツは答えると、フィオーラの手首に目を留めた。

「フィオーラ様、勘違いでしたらすみませんが、手首にも痣があったはずでは……？」

「……はい、確かにありました。でも、今はもう大丈夫です。アルムが治してくれましたから」

アルムの力を素直に話してもいいかどうか、フィオーラは一瞬ためらった。

だが、青あざが消えていることは、すぐにわかることだ。

下手に嘘をつき、ハルツの心証を悪くするのは避けたかったのだが、

「……はい？」

当のハルツは、またもや驚き固まっていた。

「痣が、特殊な樹具もなく、一晩も経たず消え失せたと？」

ハルツの瞳が、驚愕で見開かれている。

「……ありえません。そんなこと、一体どうすれば……」

「失礼だな。君たちの尺度に、僕を無理やり当てはめるのはやめてくれ」

不本意そうなアルムの声に、フィオーラは冷や汗をかいていた。

（千年樹教団にだって、癒やしの奇跡を行う方はいらっしゃるはずよね……？）

あいにくと、ミレアたちに虐げられていたフィオーラがその奇跡を目にしたことはないが、千年樹教団の中には、傷を癒やすことを生業にした人間もいるはずだ。

そう思いつつ、おそるおそるハルツへと聞いてみる。

「ハルツ様、アルムのしてくれたことは、それほど驚くことなんですか……？」

「……ありえない、少なくとも私は聞いたこともないことです。私たち千年樹教団の中で癒やしの奇跡に優れている者でも、通常は人の持つ治癒力を促進し、傷の治りを良くする程度です。いくつもの怪我をすぐさま治すには、高価な樹具を惜しみなく使い捨てにしなければいけません」

「……高価な樹具……」

フィオーラはちらりとアルムを見た。

樹具とは世界樹の枝葉、つまり世界樹の欠片を加工したものだった。

アルムが世界樹そのものである以上、その力が樹具を遥かに超えるのも当然かもしれなかった。

「フィオーラ様、それにアルム様も……そのお力、説明してもらえますでしょうか？」

問いかけに、フィオーラはどう返答すべきか思い悩む。

（ハルツ様にはよくしていただいているけど、でも、素直に全てを、話してしまっても大丈夫なのかしら……？）

アルムが次代の世界樹であること。

フィオーラがアルムの主であること。

フィオーラ自身だって、最初は信じられなかった話だ。ハルツに信じてもらえたとしても、その後どうなるか予想がつかないのも問題だ。

先ほど、この部屋でアルムと二人いた間に、今後どうするかも考えていたが、まだ答えは出ていなかった。

「フィオーラ様、そのように悩まなくても大丈夫ですよ。聞いておいてなんですが、実は私には、アルム様の正体について、一つ心当たりがあるんです」

「え……?」

「アルム様はこの世界をお守りくださる、世界樹様の化身ではないのですか?」

「‼」

アルムの正体を言い当てられ、フィオーラは思わず固まった。

どうして、という戸惑いと。

ハルツは千年樹教団の人間なのだから、世界樹について何か情報を握っていて、アルムの正体に勘づいたのかもしれないと、そんな推測が思い浮かんだ。

「……はい。ハルツ様のおっしゃる通り、アルムは人の姿を取った世界樹だそうです」

これ以上、言葉を濁すのもためらわれ、フィオーラは素直に答えた。

誤魔化したところで、すぐ看破されそうな予感がしたし、嘘をついて関係を悪化させたくなかったからだ。

「ありがとうございます。よくぞ、まだ初対面も同然の私に、秘密を打ち明けてくださいました」

「こちらこそ、ありがとうございます。ジラス司祭から向けられた誤解を解いていただき、こうして部屋と服まで与えていただいたのに、隠し事をしようとしてしまい、すみませんでした……」

フィオーラの謝罪に、ハルツが首を横に振った。

「フィオーラ様が謝る必要は、全くありませんよ。むしろおかげで、私は安心できたくらいです」

「……どういうことでしょうか？」

「もし、フィオーラ様が何のためらいもなく、アルム様の正体を他人に教えてしまうようでしたら、問題だと思ってしまいました」

ハルツの答えに、アルムが片方の眉を跳ね上げた。

「ふーん、君、フィオーラのことを試してたんだ。いい性格してるね？」

どうやらアルムも、フィオーラと同じ考えに思い至ったようだった。

（ハルツ様は既に、アルムの正体に勘づいていらっしゃったはず。なのに、わざわざ私に聞いてきたのは、私がどう反応するかを確認したかったということ……）

ハルツは物腰穏やかで、悪い人間には見えなかった。

だが、伯爵邸でとっさにジラスを庇ったことを考えても、頭の回転は速く機転も利くはずだ。

（良い人間であることと、企み事をする人間であることは両立する……）

昔、母が生きていた頃に、フィオーラに教えてくれた言葉だ。

当時のフィオーラは幼く、その意味を理解できなかったが、今ははっきりと実感していた。

「フィオーラ様、すみませんでした。試すような真似をして、ご不快になられたかと思います」

「いえ、大丈夫です。ハルツ様の試しは、私を心配してくださってのことだったんでしょう？」

フィオーラは小さく微笑んだ。

もしフィオーラが、躊躇うことなく迂闊に、アルムの正体を教えてしまうような人間だった場合。

ハルツはその不注意さを咎め、諭そうとしたに違いない。

(今でも信じられないけど、私は世界樹であるアルムの主になってしまったんだもの。うっかりそのことを明かして回ったら、大きな波乱を呼んでまずいことになるのは、私でもわかるものね……)

ハルツはそれこそ、フィオーラに甘い言葉だけを囁いて、利用することもできたはずだ。

なのに、素直にフィオーラを試していたことを認め謝罪する彼は、悪い人間ではないはずだった。

(ハルツ様には、こちらへの敵意や悪意は感じられないもの……)

長年、ミレアたちに虐げられてきたせいで、フィオーラは他人の視線や顔色に敏感だ。

情けない特技だが、おかげでハルツに敵意がないことは実感できて、少し安心できた。

「フィオーラ様………。これはもしかして、私が思うよりずっと」

聡明な方かもしれない、と。

そう小さく呟いたハルツの言葉は、フィオーラへは聞こえていなかった。

「ハルツ様、何かおっしゃいましたか？」

「いえ、独り言です。フィオーラ様は今まで、家庭教師をつけられたことはございませんよね？」

「はい………」

恥ずかしくなり、フィオーラは縮こまった。

世間知らずは自覚しているし、同年代の令嬢と比べて、知識も教養も足りないのは歴然だ。

「母が生きていた頃に、読み書きだけは教えてもらえましたが、勉強といえるようなことは、それくらいだと思います」

「……読み書きを、侍女で平民のお母さまから？」

「はい。簡単なものだけなので、伯爵家の娘としては、落第ものだと思いますけど……」

物知らずな自分に、ハルツは失望してしまったのだろうか？

フィオーラが申し訳なくなっていると、ハルツが慌てた様子で首を振った。

「引け目を感じる必要はございませんよ。適切な教育を受けられなかったせいなのですから、フィオーラ様は何も悪くありません。もしよければ今後、フィオーラ様の持つ才を伸ばすため、教師をつけさせていただきたいのですが、いかがでしょうか？」

「……ありがとうございます。ですが……」

少しためらいつつ、フィオーラは口を開いた。

「ハルツ様、それに千年樹教団は私とアルムを、この先どうするおつもりなのでしょうか？」

「……そうでしたね。すみません。まず、説明とお願いをするのが先でしたね」

アルムとフィオーラを交互に見、ハルツは真摯に言葉を紡いだ。

「次の世界樹であるアルム様、そしてアルム様の主であるフィオーラ様。お二方のお力を、私どもに貸していただけないでしょうか？」

言葉と共に、ハルツは深く頭を下げた。

「先ほど、フィオーラ様を試した件といい、ジラスが不当に振るった暴力と言い、頼みごとをできる立場ではないと分かっているのですが……それでもどうかお力を、お貸しいただきたいのです」

「ハルツ様、頭を上げてください。まずどんな頼みなのか、お聞かせ願えないでしょうか？」

人に頭を下げられ慣れていないフィオーラの頼みを、ハルツは聞き入れ頭を上げてくれた。

「フィオーラ様は現在の、我が教団を取り巻く状況をご存じでしょうか？」

「……すみません、あまり詳しくは……。何か問題でもあるのですか？」

「まだ大きなさわぎにはなっていませんが、衛樹の力が弱まってきている箇所があります」

「衛樹が……」

　衛樹とは守りの木。

世界樹の枝を挿し木して育てられた特別な木であり、人に仇なす黒の獣を遠ざける力があった。

（その衛樹の力が、弱まっている……。もしかして、アルムの言っていた、今の世界樹があと十年と保たず寿命を終える、その影響なんでしょうか……？）

　フィオーラの推察を裏付ける様に、ハルツが口を開いた。

「これは公にはされていないことですが……。十年ほど前から、世界樹の力に陰りが見られるのが、教団では確認されていました」

「……なぜ、その秘密を私に？」

「フィオーラ様も無関係ではないからです。我らの教団の上層部には、一つの通達がされています。『今の世界樹様が命を終える前に、新たな世界樹様が主を選び芽吹くはずだ。極秘裏に次代の世界樹と主を探し出し、速やかに保護するように』、と」

「……そういうことだったのですね」

　だからハルツは、アルムの正体を看破することができたのだ。

やはり先ほど、アルムの正体で嘘をつかなくて正解だったようだ。

「その通達は、どれくらいの方がご存じなのですか？」

「ごく限られた人間のみです。この国の教団の人間でも、知っているのは片手で数えられる程しかいないはずです。だからこそジラスも、フィオーラ様が世界樹の主だと思い至ることができず、蛮行を重ねてしまったんだと思います」

「……少し気になっていたのですが、ジラス司祭とハルツ様は、どのようなご関係なのですか？」

ハルツはジラスを咄嗟に庇っていたが、あまり親しげではなさそうだった。

年齢はジラスの方が上だが、地位や権力はハルツの方がずっと上なのかもしれない。

「ジラスと私は、共に教団に属する身ですが、面識はほとんどありませんでした。本来、不法な樹具の所持者の報告があった場合、樹具を使える私が赴くのが手順です。しかしジラスは功を上げるため、私に報告が届く前に、独断で部下を動かしフィオーラ様を害してしまったんです。同じ教団の人間として、申し訳ない限りです」

「……ジラス司祭の独断だったんですね」

フィオーラは少し安心した。

もしジラスだけではなく、千年樹教団全体から不法な樹具所持者だと認識されていたらと心配していたが、杞憂のようだった。

教団は完全に心を許すには不安が残る組織だったが、ハルツのような、話が通じる相手もいるようだ。

「ジラス司祭の処遇についてはそちらにお任せしたいのですが……。衛樹の方は、今どういうことになっているのですか？」

「いくつかの衛樹で、葉が落ちるなど、黒の獣を遠ざける力が弱まってきています。フィオーラ様とアルム様には弱まった衛樹の力を、復活させていただきたいのです」

「……アルム、できるの？」

衛樹の力を復活させる方法は、フィオーラには全くわからなかった。

木のことは木に聞くべし、と。世界樹の化身であるアルムを頼るしかなかった。

「やったことはないけど、たぶんできるはずだよ。フィオーラが望むなら、僕はやってみせるからね」

「………………」

アルムの答えは明快だ。

可能だが、実行するかどうかの判断は、あくまでフィオーラに任せるようだった。

「……わかりました。どこまでお力になれるかわかりませんが、協力したいと思います、ただハルツ様に代わりに一つ、お願いしたいことがあるんですが……」

「……なんでしょうか？」

少し警戒した様子で、ハルツが問い返した。

「私をしばらく、この教団に置いてほしいんです。実家の伯爵邸には今、帰りにくくなりましたから……」

フィオーラを虐げてきたミレアたちに、アルムの正体を知られたら面倒だ。

フィオーラのものはミレアのもの、という乱暴な持論を持ち出して、アルムに手を出してくるに違いない。

「……その程度、お安いご用です。ちょうどこちらからも、ご提案しようと思っていたところです」

ハルツが頷いた。

フィオーラは提案が受け入れられたことに、ほっと息をついたのだった。

ハルツの頼みを受け入れることにしたフィオーラ。

力が弱まっている衛樹の元までは、馬車でも半日以上かかるようだ。

出発するのは明日早朝ということになり、今日は早々に床に就くことになった。

食堂で夕飯を食べ終え、久しぶりに満ち足りた腹をかかえ、与えられた部屋へと戻る。

灯りを消し就寝しようとしたところで、一つ問題が出てきた。

「同じ寝台で眠りたい……？」

「この寝台は大きいだろう？　僕が一緒に横になっても、十分体は休められるよ」

アルムの言葉通り、寝台はとても立派だ。

天井から天蓋が吊り下げられ、三人でも四人でも横になれそうな大きさ。

障害となるのは、フィオーラの羞恥心だけだった。

「……わかりました。同じ寝台の少し離れた位置に、それぞれ横になる形でいいですか？」

フィオーラは、素直にアルムの提案を受け入れた。

昨晩、アルムが種の姿になっていた間に、ジラスたちの暴力に巻き込まれたのだ。

その経験から、アルムがフィオーラの傍を片時も離れたくない、と思うのも当然だった。

（湯あみの件に比べたら、これくらいなんともない……はず……）

アルムの寝室も別に用意されていたが、使ってはくれなさそうだ。

フィオーラとしても、ハルツはともかく、教団自体は信用しきれていなかった。何かあった時に備え、アルムが傍にいてくれたら安心なのは本音だ。

「おやすみなさい、アルム」

「おやすみ、フィオーラ。良い夢を」

挨拶を交わし、柔らかな寝具へと横になる。

灯りの落とされた部屋に、ほの青い月明かりが降り注いでいた。

（静かね……）

聞こえるのは自分自身の呼吸と、少し騒がしい心臓の音だけ。

アルムは身じろぎ一つせず、音もなく横になっているようだった。

（アルムは世界樹。人間や獣と違って体を動かさない植物だから、こんなに静かなのかしら？）

そう考えつつフィオーラは、一つ気になることに思い至った。

「……アルム、起きてる？」

「なんだい？　眠れないの？」

「いえ、違うわ。少し気になったことがあるの。アルムは世界樹なのよね？」

「そうだよ？」

「……世界樹って、眠るものなんですか？」

フィオーラの問いかけに、沈黙が返ってくる。

失礼な質問だったのだろうか？

謝ろうとした寸前、アルムが口を開いた。

「君たち人間の眠りとは少し違うかもしれないけど、意識水準が低下することはあるよ。昨晩、種の姿になっていたのがそうだし、他にも眠りに近い状態になることがある」

「人間と同じように、毎日夜に眠るものなんですか？」

「いや、本来は違うね。毎晩眠る必要はないし、三、四日は眠らなくても大丈夫さ。ただ、人間の姿になった以上、人間と同じように生活を送った方が自然だし、主の君の負担も軽くなるからね」

まぁそれに、眠っていても種の姿にならない限り、意識の一部は外界に向けられているからね、と。

淡々と語るアルムに、フィオーラは人間との違いを感じつつも微笑しく思った。

「眠るのも食事を口にするのも、私のためだったんですね。さっき、アルムが食事をしていた時、人間と同じ料理が食べられるんだなって、実は少しびっくりしていました」

夕飯はポタージュにチーズのサラダ、白いパンに新鮮な果物、子牛のローストだった。

豪華なもてなしに気圧され、口に出す暇がなかったが、黙々と隣で皿を片付ける、アルムの姿は気になっていたのだ。

「あぁ、夕飯かい？　あれはちょっと違うかな」

「それは、どういう？」

「毒見だよ」

物騒な単語に、思わずフィオーラの顔が引きつった。

「……どういうことですか？」

「そのままの意味だよ。人間の振るう刃は、何も剣や弓矢だけじゃないだろう？　毒や異物が入っていても僕なら気づけるし、もし君が口にしてしまっても、すぐに解毒ができるからね」

毒殺。

思い至らなかったとはいえ、アルムが世界樹である以上、全く考えられない話でもないのだ。

（王族や高位貴族の方は、毒殺を常日頃恐れて、冷たい料理しか口にできないと聞くものね……）

フィオーラには無縁の世界の話だったが、今や事態は大きく変わっていた。

「……ありがとうございました……」

絞り出すようにして、フィオーラは礼を口にした。

ぶるりと身を震わせ、布団を手繰り寄せる。

（物知らずな私が、どこまで上手く振る舞えるかわからないけど…………）

今はとりあえず、体を休めるのが一番の仕事だ。

意識して物騒な思考を追い出すと、まもなく眠気が訪れた。

今までの過酷な生活で、細切れの睡眠時間だろうと、粗末な藁の寝台だろうと、貴重な休息を無駄にしないために、眠りにつくのは得意になっていた。

（あ、いい香り………）

夢うつつに、しっとりとした木の香りがフィオーラの鼻をくすぐった。

アルムの香りだろうか？

本性が世界樹の彼は身にまとう香りも、森の木々に近いのかもしれなかった。

（おちつきます、ね………）

大樹に抱かれるように安心して、フィオーラは眠りに落ちたのだった。

明けて翌日。

フィオーラはアルムやハルツと共に、箱馬車に揺られ道を進んでいた。

向かう先は、力が弱まったという衛樹がある教会だ。

朝一番に出発したが、既に陽は高くなっている。

（眠たいですね………）

心地よい揺れに、フィオーラはうとうとと舟をこぐ。

早起きだったとはいえ、昨晩は早めに眠り、しっかり睡眠をとったはず。

それでもなお眠気が襲ってくるのは、アルムに体を癒やしてもらった反動のようなものらしい。

傷を癒やすため、フィオーラ自身の体力も消耗していたのだ。動けなくなるほどではないが、じっとしていると睡魔が忍び寄ってくるけだるさだ。

昨夜寝つきが良かったのも、元からの癖だけではなかったようだった。

「フィオーラ、やっぱり眠いみたいだし、ここは一杯いっとく？」

「……遠慮しておきます」

目をこすりながらも、フィオーラははっきりと答えた。

『一杯いっとく?』、と。

まるで飲酒のお誘いのような口調だが、勧められているのはアルムの血だった。

世界樹の血は口にすれば、失われた体力を補充する効果もあるらしい。

昨晩もらった量だけでは、傷を癒やすだけで終わってしまったため、さらに血を分け与えようか、
というのがアルムの提案だ。

フィオーラとしては、気軽に頷けるものでもなかった。

(往路の道行は、もう半分以上来たはず……)

馬車を下り体を動かせば、眠気も少しはまぎれるはずだ。

固まった体を、ほぐそうとしたフィオーラだったが——

「きゃっ⁉」

「フィオーラ⁉」

がくん、と。

大きく馬車が揺れ、動きが急に止まった。

「何事ですか⁉」

素早く扉を開けたハルツが、外の様子を確認する。

椅子から落ちかけたフィオーラはアルムに支えられ、原因を探ろうと耳を澄ました。

「……てください!　助けてくださいっ⁉」

かすれた子供の声だ。

　追い詰められたような声に、フィオーラは馬車の外を窺った。

（服が汚れて泥だらけ………）

　痛ましい様子だ。

　十歳ほどの少年が、必死にハルツへと訴えかけていた。

「村が黒の獣にっ‼　お願いです助けてください‼」

「黒の獣が……」

　ハルツが眉を寄せていた。

　黒の獣は通常、人里には近寄らないはずだ。

　しかし、この辺りを護する衛樹の力が弱まっている今、侵入を許してしまったようだった。

「フィオーラ様、申し訳ありません。少し寄り道をしてもよろしいでしょうか？　衛樹を管理し、黒の獣より人々を守るのは、我が教団の務めです。私だけ別行動するわけにはいきませんので、一緒に来ていただけるでしょうか？」

「わかりました。お願いします」

　フィオーラとしても、ここで少年を見捨てることはできなかった。

　馬車の中に保護された少年の横に座り、そっと泥をぬぐってやった。

「怖かったね。一人でここまで走ってきたの？」

「……お母さんが逃げろって……」

　少年の瞳に、見る見る涙がふくらんでいく。

「お母さんは足が速いから、囮になるって走り出したんだ。その間に逃げて助けを呼んできなさい、って……っひっく………」

こらえきれず泣き出した少年の頭を、フィオーラは撫でることしかできなかった。

ザイザと名乗った少年をなだめていると、御者台に回ったハルツが声を上げる。

「フィオーラ様、黒の獣に襲われた村が見えてきました!! 私が様子を確認してきますので、馬車の中で少年とお待ちください!!」

「ハルツ様お一人で大丈夫なのですか？」

「ご心配ありがとうございます。私はこれでも、教団より樹具の使い手に選ばれた人間です。これくらい、あっという間に終わらせますよ」

ハルツは力強くそう言い残し、御者台から下り走り去っていく。

残されたフィオーラは震えるザイザを抱き寄せ、窓から外を眺めた。

(あれが、黒の獣………)

実際に見るのは初めてだ。

伝え聞いていた通り、全身が黒で覆われ、一対の赤い目が炯々と光っている。

黒の獣は四本の脚で地面を踏みしめ、ハルツへと飛び掛かった。

「水の刃よ!!」

ハルツの掛け声とともに、樹具らしき杖から勢いよく水が噴き出した。

水流は鋭い刃となり、黒の獣を引き裂いていく。

村人は家の中へ避難しているようで、外れた刃で傷つく心配はなさそうだ。

(一匹、二匹………どんどん水の刃が切り裂いていくけど……)

多勢に無勢だ。

二十匹はいるであろう黒の獣に囲まれ、ハルツは分が悪そうに見える。

自分一人で大丈夫と言っていたが、どこか動きがぎこちない気がした。

（あ、もしかして……）

フィオーラはあることを思い出し青くなった。

昨日、ハルツが手にしていた樹具にアルムが枝葉を生やし、木の状態に戻してしまったはずだ。

（今、ハルツ様が持っている樹具は予備か何か、使い慣れていないもの？）

だとしたら、本調子には遠いはずだ。

フィオーラの危惧が現実になり、ハルツが体勢を崩した。

彼へと襲い掛かろうとする黒の獣へ、

「こっちよ‼」

フィオーラは扉を開け、勢いよく飛び出した。

叫び声に反応し、向けられた赤い瞳にすくみながら、地面に手を打ち付ける。

「《種よ生じ、花を咲かせよ》‼」

叫びと共に、体から何かが引きずり出される感覚が走った。

くらりとしためまいと引き換えにもたらされる、早回しにした薔薇の生長。

フィオーラの足元から、ハルツのいる場所まで。

黒の獣と隔てるように、薄紅の薔薇が蔓を伸ばし生い茂った。

「フィオーラ様、これは⁉」

「ハルツ様、一度こちらに‼　黒の獣が驚いているうちに、体勢を立て直し――――」

「その必要はないよ」

フィオーラの肩に、アルムの手が添えられた。

アルムは薔薇を見渡し、不思議な響きの言葉を紡いだ。

「彼を助けたいなら、薔薇にこう命じればいい《花よ散りて、風に舞え》ってね」

「……はい‼」

迷っている時間はなさそうだ。

アルムを信じ、薔薇へと命じるように叫んだ。

「《花よ散りて、風に舞え》‼」

再びの、体から何かが失われる感覚。

訪れた変化は速やかに。

大輪の薔薇がほろりほろりと花弁を落とし、風に乗って舞っていく。

その光景は美しく――――黒の獣にとって致命的だ。

「つぎぃあっ⁉」

花びらに触れた黒の獣が、悲鳴だけを残し消えていく。

例外なく遅滞なく、瞬く間に数を減らしていった。

「そんな、たった一瞬で………？」

茫然と呟くハルツ。

フィオーラも同じく茫然としていた。

何が起こったのか、自分が何をしたのかわからなかったからだ。

「……花びら、たくさんできれー……」

馬車の中で、ザイザがぽつりとつぶやいた。

ひとまず、当面の危機は去ったようだった。

「フィオーラ様、今のは……？」

周囲を警戒しながら、ハルツが駆け寄ってくる。

その衣服はあちこちが汚れていたが、流血はない様子だ。

フィオーラは体に気だるさを感じつつも、ハルツの無事に胸を撫でおろした。

「アルムが教えてくれました。ハルツ様を助けたいなら、と。助言をくれたんです」

「そうだったんですか……。お二人とも、ありがとうございます」

礼を言いつつ、ハルツは花弁を散らした薔薇を観察していた。

「この薔薇は全て、フィオーラ様が生み出したのですよね？」

「はい。伯爵邸の薔薇と同じで、呪文のようなものを唱えたら、一瞬で芽吹き咲いてくれました」

「そうだったのですか……。私はてっきり、伯爵邸の薔薇も、アルム様が生み出したものとばかり……」

「すみませんでした。私の説明が足りなかったと思います」

ハルツを誤解させていたことに気づき、フィオーラは頭を下げた。

「いえ、フィオーラ様はお気になさらず。衛樹の件で出発を急かし、十分話を聞こうとしていなかったこちらの落ち度です」

それにしても、と。

ハルツは薔薇の株を見てうなっていた。

「フィオーラ様、もしよければもう一度、薔薇を芽吹かせてもらえませんか？」

「わかりました。…………アルム、また力を使っても大丈夫ですか？」

「薔薇の一株くらいなら、消耗は誤差だと思うよ。実際にやって見せた方が、話も早そうだしね」

アルムの言葉に頷き、フィオーラは地面へと手をついた。

小さく息を吸い込み、アルムに教えられた不思議な旋律の言葉を唱えた。

「《種よ生じ、花を咲かせよ》！」

手先から、まっすぐに薔薇が伸びあがる様子を思い描く。

土を割り緑の芽が顔を出し、薄紅の花弁を綻ばせた。

「……やはり、今のは樹歌ですね。それも、とんでもなく高度で洗練されたものです」

「樹歌？」

フィオーラは首を傾げた。

聞きなれない言葉だ。

こんな時、物知らずな自分が嫌で、恥ずかしくなってしまう。

「フィオーラ様がご存じないのも当然です。樹歌に触れることは、教団の人間でもない限りほとんどないですから、説明させていただきたいと思います」

ハルツはそう前置きし説明を始めた。

樹歌とは元は、世界樹が謳う調べだ。

世界樹の葉擦れは神秘を奏で、世界へと奇跡を引き起こす。

そんな葉擦れの調べを、教団は世界樹の歌、すなわち樹歌と呼んでいた。

そしてごく稀に人間の中に、樹歌を模倣する才を持つ者が現れた。

そういった人間は吟樹師と呼ばれ、とても重宝されるらしい。

吟樹師は教団で代々伝わる樹歌を学び、行く行くは栄達が約束されているのだ。

「吟樹師の素質を持つ者は、万に一人とも、十万に一人とも言われる貴重な才です。幸い私には吟樹師の才能があり、おかげで司教の地位につかせていただいていました」

「ハルツ様、すごいお方だったんですね………」

だからこそこの若さで、教団の要職についていたのだ。

フィオーラが感心していると、ハルツが苦笑を浮かべた。

「いえ、そんな大層なものでもありませんよ。樹歌を扱えると言っても、それは世界樹様の謳うものより遥かに劣る効果しかありません。私の場合は入念に準備を整え道具を駆使し、ようやく使えるといったところですが……」

ハルツは言葉を切り、棘を伸ばす薔薇を見渡した。

「フィオーラ様はこの通り何の道具も使わず、ただ一人で見事な薔薇を生み出し、黒の獣を消滅させました。一時的に退けたのではなく、消滅です。これがどれほどの偉業か……私にも全ては理解できませんよ」

フィオーラへと、尊敬のまなざしを注ぐハルツ。

賛辞を浴び戸惑うフィオーラだったが、ふと我に返り慌てた。

「すみませんが、お話はまた後でお願いします」

「どうされたのですか？　もしやどこか、お体に障りでも――」

「ザイザのお母さまの無事が確認できていません」

「‼　そうでしたね‼」

私としたことが、と。

ハルツが己を恥じていた。

「ザイザ君、お母さんがどっちに逃げたかわかるかな？」

「……たぶん、こっちです」

ザイザの差し示す方向へ、フィオーラたちは歩き出した。

村の外れ、森との境界線をなぞるよう、周囲を見渡し進んでいく。

「おかーさ――――ん‼　もう大丈夫だよ――――‼　黒の獣、聖女様たちがやっつけてくれたよ――――‼」

必死に声を張り上げ、母の姿を探すザイザ。

私は聖女様なんかではないのだけど、と。

フィオーラは思いながらも、懸命なザイザの姿に心を痛めた。

ハルツとともに周りを見回していると、小さな染みが目に飛び込む。

（あれは、血……？）

草木の生えた地面に目を凝らすと、赤い染みがてんてんと飛び散っていた。

「見つけました‼」

血の道しるべの先、木の陰に隠れるように、一人の女性がうずくまっている。

ザイザと同じこげ茶色の髪で、苦し気に目をつぶっていた。

「お母さんっ⁉」

「……………その声、ザイザ…………？」

女性がうっすらと目を開き、表情に安堵の色が滲んだ。

「良かった、無事だったのね…………」

「お母さんはっ⁉」

「どうにか助かったわ。追い詰められて、もう駄目かと思ったけど、どこからか花弁が飛んできて、
黒の獣が消えてしまっ――――っ⁉」

ザイザの母が、歯を食いしばり眉根を寄せた。

その右手の伸びる先、右のふくらはぎが血と泥に汚れている。

血が止まる気配はなく、大きな血管が破れてしまったようだ。

フィオーラの見ている間にも、ザイザの母の顔色はどんどん青白くなっていく。

（アルムの血をもらえば………）

思いつつも、フィオーラは唇を噛み黙り込む。

赤の他人を助けるため、痛い思いをしてくれとアルムに頼む権利が自分にあるのだろうか？

……それに、アルムの力が破格なことは、昨日から散々思い知らされていた。

無暗にその、奇跡とも言える力を使わせてはまずいことになるのでは、と。

保身と打算が頭の中をかけめぐるが――――

「…………アルムの血なら、彼女を救えますか？」

――――母へと泣きつくザイザを前に、見捨てることはできなかった。

罵られ咎められようと、どうにかアルムの力を借りたかった。

「もちろんできるよ。血が一滴もあれば行けるはずさ」

「……え？　それだけでいいんですか？」

「僕の血の一滴と、それに清潔な水があれば、彼女の命くらいは助けられるよ」

「っ、馬車から水筒を持ってきます‼」

ハルツ司教が馬車へと走り出し、水筒を手に戻ってきた。

アルムは受け取った水筒の中へと、歯で傷つけた指先から、透明な血をぽとりと落し入れる。

「お願いです。どうかこの水を、飲んでください……‼」

ザイザの母の口へと、水を静かに流し込む。

こくりと彼女の喉が鳴り、水が嚥下されるのを確認する。

すると途端に表情が和らぎ、出血の勢いが弱まるのがわかった。

「アルム、これで大丈夫なんでしょうか……？」

「血も止まったし、問題ないはずだ。この場で全快とはいかないけど、しっかり食べて寝て、その水筒の水を毎朝口にすれば、十日もすれば傷痕も消え完治しているはずだよ」

「……ありがとうございます」

フィオーラが傷を癒やされた時との治癒速度の違いは、どうやら血の量の違いによるようだ。

時間はかかるとはいえ、後遺症もないなら一安心だった。

ザイザの母、ナンナと村へと戻りつつ、ハルツは改めて薔薇を見渡した。

「アルム様、こちらの薔薇はどうしましょうか？　このままにしておいても問題ないでしょうか？」

「君たち人間に害はないよ」

花弁を落とした薔薇の蔓を、アルムが掌に載せていた。

「毎年花を咲かせ、その花は黒の獣を消し去るし、花や蕾がついていなくとも、この村の近くに黒の獣は寄ってこないはずだよ」

「本当ですか？」

ナンナが目を見開いていた。

「そんなありがたい薔薇を、私たちに恵んでくれるんですか？」

「感謝するなら、フィオーラに。彼女のおかげで、君とこの村は救われたんだからね」

「ありがとうございますフィオーラ様っ‼」

拝みだすナンナにフィオーラが恐縮していると、ハルツが助け舟を出してくれた。

「ナンナさん、すみませんが、私たちは先を急ぐ身なのです。後日、こちらの村にも我が教団の人間が派遣されてくると思いますので、詳しい話はそちらで頼めますか？」

「も、もちろんです‼　お引き留めしてしまい申し訳ありませんでした‼」

ぺこぺこと頭を下げるナンナの後ろから、ザイザが小さな頭を出した。

「聖女様、行っちゃうの？　もう会えなくなっちゃうの？」

今にも泣き出しそうなザイザに、フィオーラはしゃがんで目を合わせた。

「私は聖女じゃないけど、この村に薔薇を生やしたのは確かに私です。責任者としてこの村を訪れ、いつかまた顔を見せに来るつもりです。……それじゃ駄目かな？」

フィオーラが頭を撫でると、ザイザは赤くなってしまった。

こくりと頷くザイザに別れを告げたフィオーラたちは、馬車を再び走らせたのだった。

4章　精霊樹（せいれいじゅ）ともふもふな精霊

残りの道中、フィオーラは力を使った反動か、ぐっすり眠（ねむ）り込（こ）んでしまっていた。

アルムに優（やさ）しく起こされ馬車を降りたのは、既（すで）に夕暮れが迫（せま）る時刻だ。

たどり着いた目的地は、千年樹教団の支部の一つだった。

その中庭にある衛樹の力を復活させるために、フィオーラたちはやってきたのだが――

「ちょっと‼　私の痣（あざ）を治せないってどういうことよっ⁉」

ここ数年、散々耳にした罵声（ばせい）が聞こえた。

「……どうして、ミレア様がここに……？」

義理の姉との望まざる再会に、フィオーラは顔を曇（くも）らせた。

甲高（かんだか）いミレアの叫（さけ）び声が、廊下（ろうか）の角の向こうから聞こえてくる。

ミレアとの接触（せっしょく）は避（さ）けたいフィオーラだったが、周りを見て思いとどまった。

この支部の教区長に挨拶（あいさつ）に行ったハルツを、教区長の部屋の前で待っているところだ。

この場から動くのを躊躇（ためら）っている間に、声がどんどんと近づいてきた。

「あなた、私の話を聞いてるの？　さっさとこの痣を治しなさいよ‼」

「今は無理だ。他を当たってくれ」

「何よ⁉　これっぽっちの代金じゃ不満だって言うの⁉」

「順番を守れと言って――――」

廊下の角からミレアと、教団の人間らしい青年が現れる。

目の下にクマを作った青年へ叫んでいたミレアの目が、フィオーラを見て固まった。

「っひっ⁉　フィオーラに化け物男っ⁉」

「失礼だな。人でなしなのは君の方だろう？」

怯え叫んだミレアへと、アルムが皮肉気に言い返す。

辛辣な言葉に、ミレアがフィオーラへと食い掛かる。

「フィオーラ⁉　あんた何考えてるのよ‼　得体のしれない無礼な男を私に近寄らせて、ただじゃおかないわよ⁉」

「………ミレア様、落ち着いてください」

突っかかってきたのはミレアの方なのに理不尽だ。

そう思いつつ、フィオーラがミレアをなだめようとしていると、ミレアと会話していた薄青の髪の青年が冷ややかに話しかけてきた。

「君はこの女の身内か？」

「義理の妹です。……義姉がお騒がせしてしまい申し訳ありません」

「……ふん、妹の方は話が通じるようだな。さっさとこのやかましい女を伯爵邸に連れて帰ってくれ」

フィオーラにミレアを押し付け、踵を返そうとする青年。

その背中に、教区長への挨拶を終えたハルツが叫びかける。

「サイラス？　久しぶりですね‼　今お話いいですか？」

「……ハルツ？」

青年――サイラスはハルツの知り合いのようだ。

「ハルツ、おまえいきなり何故ここに？　教区長に呼び出されたのか？」

「少し用事があってきたんです」

「そうか。悪いが俺は忙しいんだ。またな」

ハルツとの旧交を温めることもなく、そっけない態度でサイラスは去っていった。

その背中に追いすがるよう、ミレアが髪を振り乱し叫んだ。

「私を見捨てるの⁉　聖職者として恥を知りなさいよ‼」

「ミレア様、お静かに。祈りの場を乱すことはおやめください」

注意したハルツへと、ミレアが食い掛かった。

「ハルツ様からも言ってやってください‼　サイラスが、私の腕を治すのを拒んだんです‼」

「その痣の治癒が目的ということは、今日いきなり押しかけてきたのでしょう？　サイラスの治癒の術を受ける順番を守らず、横入りするのはおやめください」

「大金を積んでやったのよ？」

「………金の力が頼みですか」

ハルツがため息をつくと、ミレアが顔を赤くした。

「っ、それだけじゃありませんわ‼　私は伯爵令嬢よ⁉　平民出身のサイラスが逆らっていいと思ってるの⁉」

「……聖書の第八章の四節をご存じですか？」

「何よいきなり？　煙にでも巻くつもり？」

「ミレア様、おやめ下さい」

ミレアに絡まれたハルツに申し訳なく思いながら、フィオーラは口を開いた。

『千年樹教団が仰ぐのは世界樹において他になし。王侯貴族であろうと聖職者がへりくだることはない』と、聖書の第八章四節に書かれていたはずです」

昔、母が教えてくれたことだ。

物知らずなフィオーラさえ知っている、千年樹教団の基本理念だった。

「何よ生意気ね⁉　そんなの建前に過ぎないじゃない‼」

「そう思うなら、お引き取り下さい」

ハルツが口を開く。

いつもは穏やかな彼が、無表情でミレアを見下ろしていた。

「私たちは悩める人間に門戸を開いていますが、全てを受け入れるわけではありません。あなたが今どれだけ喚こうと、治癒の術の順番に横入りすることは出来ませんから、どうぞお帰り下さい」

「……っ‼」

これ以上なくはっきりと拒絶され、ミレアが唇を噛みしめていた。

爆発寸前の様子で、どうにか声を絞り出す。

「……わかりましたわ。今日は引き下がってあげます。フィオーラ、さっさと帰るわよ」

ミレアの腕が、懐をまさぐるような動きを見せる。

いつも、フィオーラをぶっていた鞭を隠し持っている場所だ。

苛立ちとうっぷんを、フィオーラで晴らそうとしているようだった。

「ミレア様、私は用事があるので屋敷には帰りません」

「口答えするのっ⁉」

フィオーラへ詰め寄ろうとするミレアの前に、素早くハルツが立ちふさがった。

「ミレア様、フィオーラ様は今、我が教団の保護下にあるお方です。フィオーラ様ご本人が伯爵邸に帰ることを望んでいない以上、お帰しするわけにはいきません」

「……何をふざけたことをおっしゃっているのかしら？」

苛立ちを隠すこともせず、ミレアがハルツに問いかけた。

「フィオーラは私の妹よ。姉が妹と一緒に自宅に帰るのは、当たり前のことでしょう？」

「……お二人はとても、慕い慕われる姉妹関係には見えませんよ」

「だから何よ？　家庭の事情に口出しする気？」

「そのつもりはありませんが、フィオーラ様は十七歳と聞いています。成人の彼女が、自らの意志で帰らないと言っている以上、あなたに無理強いする権利はありません」

「あぁもう‼　へ理屈ばかりでまどろっこし――――えっ⁉」

唾を飛ばし怒鳴りつけるミレアの顎先へ、アルムがするりと指先を添えた。

顎を指で持ち上げられ、美しいアルムに正面から見つめられたミレアは、彼に抱いていた恐怖も忘れ頬を赤くしていた。

「なによ……？　綺麗な顔で、私に媚びるつも――――」

「右？　それとも左がいいかい？」

「はい？」

ぽかんとするミレアに、アルムは温度を感じさせない笑みを浮かべている。

「これ以上フィオーラにまとわりつくなら、僕の力で顔に薔薇を生やしてあげようか？」

「ひっ⁉」

「顔の右半分がいいか左半分がいいかは、君に選ばせてあげるよ」

アルムは本気だ。

ミレアにもそれが理解できたらしい。

顔色をなくし後ずさると、逃げるように歩き出す。

「っ、調子に乗らないことね。妙な力を持つ頭のおかしい男をたらしこんだみたいだけど、すぐに罪を暴かれるはずよ」

ミレアはすれ違いざまに、フィオーラに毒づき去っていく。

フィオーラが言い返す暇もない早口だ。

「……その、義姉がお騒がせして、申し訳ありませんでした……」

時期外れの嵐が去った後のように。

気まずくなったフィオーラが口を開くと、ハルツもミレア相手で硬くなっていた表情を緩めた。

「フィオーラ様は本当、ご家族に苦労されてるんですね」

フィオーラを労るように微笑むハルツ。

そんな彼へフィオーラは、一つ気になっていたことを聞いてみることにした。

「ミレア様との会話で少し気になったのですが、ハルツ様は貴族のご出身なのですか？」

先ほどミレアは、サイラスのことを平民育ちだとこき下ろしていた。

その時の口ぶりから、なんとなくだがハルツは、平民出身ではなさそうな雰囲気だったのだ。

「ええ、そうですよ。私がこの年で司教にまでなったのは、吟樹師の才に加え、貴族出身だというのも大きいですからね」

自嘲するように微笑むハルツだが、その表情には品がある。

生まれが貴族なら納得だと、フィオーラは思ったのだった。

「そうだったのですね。貴族の出なのに、人々のため教団の門をくぐって、ご立派だと思います」

「ありがたいお言葉ですが、私はそんな大層な人間ではありませ――」

「おいハルツ？　どういうことだ？」

詰問する声が、ハルツの言葉をかき消した。

サイラスだ。

走り寄ってきた彼にぎろりとにらまれ、フィオーラは思わず背筋を正した。

「君がフィオーラだな？」

「は、はい！　何でしょうか？」

「教区長から、君に衛樹のことを任せることにしたと聞いたが、本当なのか？」

「……できる限りのことは、させてもらいたいと思います」

サイラスが疑うのも無理はなかった。

いきなりやってきた小娘の自分が、この教団支部の要である衛樹を任せられたのだ。

信用されなくて当然だし、サイラスは気が短そうに見える。

不審がられ怒鳴られるかもと、フィオーラは一人身構えた。

「君に、衛樹の力を蘇らせる力があるのか？」

「…………あると思います」

「その言葉、嘘ではないな？」

「はい、がんばりま――――きゃっ？」

突然サイラスの体がかしぎ、フィオーラに向かい倒れ掛かってきた。

「危ないな。フィオーラに何をするんだよ？」

サイラスの体を軽々と、アルムが一人で支えている。

細身に見えるアルムだが、結構力はあるようだ。

アルムに抱えあげられたサイラスは、言葉を発することもなくうつむいていた。

「サイラス様？」

くぅくぅ、と。

返ってきたのは寝息だけだった。

(眠ってる……。寝不足だったのかしら？)

閉じられた瞼の下には、色濃いクマが見える。

アルムに支えられ、気絶するように眠り込んでいた。

「アルム、ありがとうございます。おかげで私もサイラス様も、怪我をせず助かりました」

「どうってことないよ。本当はこの男は避けて、君だけを引き寄せても良かったけどね」

そう言いつつも、アルムはサイラスをしっかりと支えている。

その様子に、フィオーラは心が温かくなった。

(私に対してだけじゃなく、他の人間に対する気遣(きづか)いも、アルムは出来るようになってきたのね)

フィオーラ以外に対してはそっけなく、時にミレアに対するように躊躇(ちゅうちょ)なく冷酷(れいこく)に振(ふ)る舞(ま)うアルム。

だが彼は決して、冷たい性格ではないようだった。

(人の姿をとって日が浅いせいか、人間とは感覚が異なり驚(おどろ)かされることも多いけど……)

アルムの見せた他者への思いやりにフィオーラは唇を緩め、サイラスの様子を窺(うかが)った。

目の下に色濃いクマを作ったサイラスを起こすのは、やめておいた方が良さそうだ。

「ハルツ様、サイラス様はこのまま寝かせてしまっても大丈夫(だいじょうぶ)でしょうか?」

サイラスを起こさないよう、小声でハルツへと問いかける。

「こちらへ。神官たちが仮眠室代(かみんしつが)わりに使っている部屋があります」

ハルツの先導に従って進み、長椅子(ながいす)にサイラスを寝かせてもらうことにする。

フィオーラが仮眠室代わりの部屋の扉(とびら)を閉めると、ハルツが礼を言ってきた。

「サイラスを慮(おもんぱか)っていただき、ありがとうございました。サイラスは真面目(まじめ)で優秀(ゆうしゅう)な神官なのですが、あの通り口が悪いですからね……」

「大丈夫です。サイラス様は、ミレア様の相手をした後です。ミレア様の妹である私に対し当たりが強くなってしまうのは、仕方のないことだと思います」

恐縮しまるフィオーラに、ハルツが苦笑いを浮かべた。

「ミレア様について、フィオーラ様が謝られる必要はございませんよ。ミレア様は痣の治療のため押しかけていたようですが、その痣も元を辿れば彼女の自業自得ですしね」

「痣の治療……。サイラス様は治癒師なのですね？」

治癒師とは、特殊な樹具を用い傷や病を癒やす神官のことだ。

適性を持つ人間は、樹具使いの中でも更に一握りの、貴重な存在だと聞いていた。

「ええ、そうです。サイラスは私より年下ですが、既に治癒師としてこの国で有名です。ミレア様もその噂を聞きつけ、この支部にやってきたのだと思います」

「有名で人気があって、忙しい方なんですね」

だとしたら、濃いクマを作っていたのも納得だ。

寝る間も惜しんで治療にあたる、素晴らしい治癒師のようだった。

「寝不足の原因はサイラスの多忙もありますが、それだけではないと思います」

「どういうことでしょうか？」

「衛樹の弱体化が、サイラスの焦燥を駆り立てているんです」

「……………そうだったんですね」

フィオーラの脳裏に、傷ついたザイザの母の姿が思い出された。

何らかの原因で衛樹の力が弱まると、黒の獣が人里へと侵入し、被害が出ることになるのだ。

直にその爪痕を見た今、サイラスが焦るのも痛い程わかるのだった。

「サイラスは幼い頃に、黒の獣の襲撃で両親を亡くしています。だからより一層、危機感を覚えているのだと思います。黒の獣につけられた傷痕は治癒師でなければ癒やせないこともあり、このところ方々で引っ張りだこなうえ、どうにか衛樹の力を取り戻せないか、寝食も削って調査に当たっていましたからね」

「ご両親を……」

フィオーラも母を亡くした時、世界そのものが失われてしまったように感じたのを覚えている。

ザイザの母だって、一歩間違えれば黒の獣の餌食になっていたはずだった。

(私が、衛樹の力を復活させることができたら……)

衛樹の再生を依頼された時フィオーラが引き受けたのは、半ば流されての選択だった。

だけど、今は――

(これ以上、黒の獣の被害を出さないために、なんとしても成功させないといけませんね……)

フィオーラは覚悟を新たにしたのだった。

(――やめてくれっ!!)

焦燥に突き動かされ、サイラスは前方へと手を伸ばした。

サイラスの目の前で、母が黒の獣に切り裂かれていた。

飛び散る血しぶきに叫び声をあげようとして、わずかも声が出ないのに気がつく。

恐怖と絶望、そして決して声をあげてはいけないと、母に言い含められていたからだ。

血まみれになっていく母を前に、ただ震え隠れているしかできない自分。

そんな自分が許せなくて、がむしゃらに駆けだそうとして――――

「――――っ‼」

サイラスは長椅子から飛び起きた。

「夢か…………」

見慣れた悪夢。

両親を亡くした時の記憶だ。

サイラスは薄青の髪をくしゃりとすると、そのまま掌で顔を覆った。

（…………彼女には、悪いことをしたな）

意識を失う寸前、フィオーラと呼ばれた娘との会話を思い出す。

サイラスに詰め寄られ戸惑っていた彼女に、今更申し訳なさを感じた。

（……彼女が本当に、衛樹の弱体化を治せるのか……？）

それはサイラスが喉から手が出るほどに、欲していた力だ。

衛樹が力を取り戻すかもしれないと聞き、その衝撃と安堵で気絶するように眠り込んでいたようだった。

「どれくらい、眠っていてしまったんだ……？」

ぐしゃぐしゃと髪をかきまわす。

まさか半日以上、朝まで熟睡してしまったのだろうか？

そんな懸念は部屋から出、窓を見ると即座に否定された。

薄紫から紫紺、そして藍色へと移り変わる空に、銀色の月がぽっかりと浮かんでいる。

空の色と月の形で、今が夕暮れ時だと理解できた。

(歌……?)

暮れゆく空を眺めていたサイラスの耳に、かすかな旋律が届いた。

不思議な響きで、そしてとても惹きつけられる歌声だ。

(中庭の衛樹のある方向から……?)

もし、衛樹に何かあったら大変だ。

走り出すと、中庭に近づくにつれ歌声は大きくなっていく。

焦燥と不信感を抱えながら、中庭へと出る扉を開けたサイラスだったが、

「衛樹が……?」

淡い光に照らされ、サイラスは呆然とした。

夕闇に沈む中庭の中心で、光を帯びた衛樹が葉をそよがせている。

「葉を伸ばして……」

修整なしで葉を落とし幹はひび割れ、見るからに弱っていたはずだ。

そんな姿が信じられない程、今の衛樹は力に満ち、枝葉さえ伸ばしているようだった。

「これはいったい…………」

あたりを見回すと、少女の姿があった。

フィオーラだ。

柔らかな光をまとい、不可思議な旋律を口ずさむ細い体が、宵闇に浮かび上がっていたのだった。

サイラスが悪夢にうなされていたその頃。

フィオーラがアルムから告げられた衛樹の力を取り戻す方法は、思ったより簡単なやり方だった。

「アルムの教えてくれる歌……樹歌を、心を込めて歌いあげればいいのですか？」

「フィオーラなら、それだけで十分さ。あとは僕が血を何滴(なんてき)か衛樹にたらして、細かい調整をすればいいからね」

「細かい調整……アルムに任せてしまって大丈夫ですか？」

「むぅ、僕ってそんなに信用できない？」

軽く眉(まゆ)をひそめ、むくれてみせるアルム。

拗(す)ねた子供のような表情だ。

「そんなことはありません‼　………ただ、衛樹の力を復活させるのは、アルムも初めてですよね？なのに頼(たよ)り切ってしまって、負担が大きくはないですか？」

「問題ないよ。衛樹は元々、今の世界樹を挿(さ)し木して増やされた存在だ。世界樹そのものである僕からしたら、他の植物よりずっと近しい存在だし、やり方もよくわかっているからね」

そういうものなのだろうか？

フィオーラには今一つ理解できなかったが、世界樹であるアルムの言葉を、信じることにした。

「僕が担当するのは、あくまで補助的な細かい調整だけだ。主役はフィオーラと、その歌に込められた思いだよ」

「私の思い……」

「そう。それが重要なんだ。樹歌とはあくまで、自身の思いを世界へと、わかりやすく伝えるための方法だ。千年樹教団の人間は、いかに樹歌を正確に再現できるかに躍起になってるけど、本来の歌い手である僕やフィオーラにとっては、樹歌の形そのものより、そこに込める思いの方が大切なんだよ」

「……頑張ります」

少し怖いけど、フィオーラがやるしかないのだ。

唾をのみ込み頷くと、アルムが不思議な響きの旋律、樹歌を諳んじていく。

「今から僕が口にする樹歌を、フィオーラが思いを乗せて歌うんだ。いくよ────」

滑らかで心地いい音が、アルムの整った唇から流れてくる。

初めて聴く樹歌。それも結構な長さのあるものだ。聞き洩らさないようフィオーラが集中していると、歌い終えたアルムがとんでもない要求をしてきた。

「よし。これで大丈夫なはずだ。試しに歌ってみてくれないかな？」

「む、無理です‼　一回じゃ覚えきれませんよ‼」

「いや、出来るはずだ。試しに歌ってみるといい」

アルムに促され、フィオーラは恐る恐る口を開いた。

失敗したら、優しいアルムも失望してしまうだろうか？

怖々と歌いだしたが──

（歌えてる……!!）

淀みなく間違いなく。

滑らかな音がフィオーラの口から流れ出す。

一度聴いただけの樹歌を、まるで何年も前から知っていたかのように口ずさめた。

「やっぱり大丈夫だったね。これなら、本番に向かっても問題ないよ」

「今の、私が歌っていたんですよね？　一度しか聴いていない歌を、間違えることもせずに……？」

フィオーラは、自分がしたことなのに信じることが出来なかった。

「樹の歌、と表現するからわかりにくいけど、世界樹にとって樹歌は葉擦れで響かす音、人間で言えば呼吸するのと同じだよ。人間は誰に習うこともなく、呼吸の仕方を知っているだろう？　世界樹もそれは同じだよ」

「……でも私は、世界樹じゃなく人間です」

「フィオーラは僕の主だ。人間だから、一度樹歌を聴かないと使えないけど、僕の主でもあるから、一度でも樹歌を耳にすれば、間違いなく歌えるようになるさ」

「……」

一度聴いただけで樹歌を扱えるようになる存在。

果たしてそれは、本当に人間の範疇にあるのだろうか？

フィオーラは疑問と、体の芯がぐらつくような感覚を覚えたが、掌を握りやりすごした。

（今はまず、衛樹の力を蘇らせるのが先よ……）

個人的な戸惑いは、心の底へと沈めておくことにする。

気持ちを押し込めることは、長年虐げられてきたフィオーラにとっては、造作もないことなのだった。

ハルツと教区長に案内され、衛樹のある中庭へとやってきたフィオーラ。

中庭の中心に植わった衛樹は、成人三人分ほどの背丈の、銀色の幹の木だ。

幹はひび割れがいくつも走り、枝にはしがみつくように数枚の葉がついているだけだった。

（確かにこれは、弱っているわ………）

痛々しい姿だった。

水や肥料は十分与えられているのだろうが、大本である世界樹の力が弱まっている影響だ。

本当に自分が、衛樹を復活させられるのだろうか？

今更心配になりつつも、衛樹へと血を垂らすアルムの姿が目に入る。

衛樹の根元に手を当てたアルムの若葉色の瞳が、夕闇の中で星のように輝いていた。

（アルムは、私ならできると信じてくれた……）

ならば、覚悟を決めるしかなかった。

心臓を落ち着かせるように胸の上で手を握り、息を整え唇を開いた。

「《この地に根付きし枝葉よ、今一たびの暁を迎えん――――》」

星がまたたき始めた夕空に、フィオーラの歌声が溶けていく。

衛樹に向け一心に。

どうか力を取り戻してください。黒の獣から私たちを守ってください、と。

思いを込めて歌いあげる。

「葉を伸ばしている……」

燐光に照らされ、中庭へとやってきたサイラスが呟く。

その視線の先で、光を宿した衛樹が青々と葉を茂らせていった。

(よかった……‼　上手くいったみたい‼)

体から光をあふれさせながら、フィオーラは衛樹を見上げた。

先ほどとは見違えるように、生き生きと葉を広げている衛樹。

言葉は喋れずとも、それは確かに人の寄る辺となるべき存在だ。

衛樹が枯れることがないように。

その力が弱まることなどないように。

ザイザの母やサイラスの顔を浮かべながら、無事歌い上げていたフィオーラだったが――

「……実？」

葉と葉の間、水平に伸びた銀色の枝に、これまた銀色の球体が垂れ下がっていた。

(林檎……？　でも林檎にしては大きいし、色も銀色よね……？)

よく見ようと果実の下へ行くと、風もないのに枝が揺れ、銀色の果実が落ちてきた。

「わっ⁉」

落下する果実を、どうにか両手で受け止める。

果実の表面は滑らかで、合わせた掌の上からはみ出すほどの大きさだ。

なんの果実だろう？

フィオーラがアルムへと問いかけようとしたところ、掌の上から振動が伝わってきた。

「え？」

こつこつと、何やら果実の中から音がした。

（まるで卵の中のひな鳥が、中から殻をつついているみたい……）

はたして、その推測は間違っていなかったようだ。

果実の表面にひび割れが走り、隙間から光が漏れ出してくる。

蛍のような光がこぼれ、裂け目が大きくなっていき――

「きゅいっ？」

円らな瞳と目があう。

丸っこい顔に、ちょこんとのった二つの耳。

ほっそりとした胴体は茶色の毛に包まれていて、撫でると気持ちが良さそうだ。

「イタチ……？」

「ききっ‼」

細長い胴体と短い脚を持った獣だ。

気づけば果実は消えていて、代わりにフィオーラの手の上には、愛らしい獣が残されていた。

「あなたは、あの果実から生まれ――」

「そんな⁉　ありえないだろうっ⁉」

フィオーラの声を、サイラスの叫びがかき消した。

「衛樹から精霊が生まれるなんてどうなってるんだ⁉」

心の底から、驚いているような声色だ。

サイラスだけではなく、ハルツも信じられないような目で獣を見ていた。

「……あなた、精霊なの……？」

「きゅいっふー！」

その通りです‼

と答えるように、胴長の獣は鳴き声をあげている。

「精霊………」

フィオーラの知る精霊は、それはもうありがたい存在だった。

ただ人では到底かなわない強い力を秘め、世界樹の眷属として人を守ることもあるらしい。

(そんな畏れ多い存在が、こんなに可愛らしくて、私の手の上に……？)

フィオーラの指先とじゃれる獣は、イタチにしか見えなかった。

「フィオーラ様が、信じられないのも無理はないかと思います……」

衝撃で固まったサイラスに代わるように、ハルツが唇を開いた。

「ですが、そのお方がただの獣でないことは、左の前脚を見れば一目でわかると思います」

「……花？」

青い花弁を広げた小さな花が一輪。

茶色の毛に包まれた前脚に咲いていた。

「精霊は様々な獣の姿となって現れるそうですが、皆体のどこかに、花を宿していると言い伝えられています」

「ならば、この子は紛れもなく……」

「精霊ですね。……精霊のはずなんですが」

ハルツが、力強さを取り戻した衛樹をすいと見上げた。

「精霊は、精霊樹と言う特別な樹から生まれると聞いています。精霊樹は大変貴重で、国ごとに1本あるかないかです。この国だって、確認されている精霊樹は、王都の1本だけのはずです」

「簡単なことだよ」

疑問符を浮かべるハルツへと、立ち上がったアルムが声をかける。

「精霊樹も衛樹も、どちらも世界樹の挿し木が根付いたものさ。世界にあまたある、世界樹の分身とも言えるのが衛樹だ。その衛樹のうち、とりわけ強い力を持った樹のことを、人間がありがたがって精霊樹と特別扱いしているだけだよ」

「強い力を持った衛樹が、精霊樹になるということは……」

フィオーラには思い当たることがあった。

「フィオーラ、君の想像できっと正解だよ。君は衛樹の力を蘇らせるため樹歌を奏でたんだ。その効果が思ったより大きくて、衛樹が精霊樹へと変化したってことさ」

「…………」

確かにフィオーラは、衛樹の力が無事戻るよう、出来る限りの思いを込めて歌い上げていた。

そしてその結果、

（やりすぎた……？）

フィオーラは恐る恐る周囲の反応を見た。

ハルツは苦笑を浮かべ、教区長とサイラスは茫然としている。

その様子に、フィオーラは冷や汗をかいてしまった。

「驚かせてしまい、申し訳ありません……」

頭を下げると、サイラスが弾かれたように目を見開き近づいてきた。

「きゃっ⁉」

フィオーラの両手が、サイラスに無言で握り込まれていた。

悪気はないようだが、力が強すぎて少し痛い。

間近に迫ったサイラスをフィオーラが見上げると、小さな呟きが耳に届いた。

「……ありがとう」

「……え？」

「衛樹のこと、それに精霊のこと。全部君が成し遂げてくれたことなんだろう？」

「……はい。そうだと思います。やりすぎてしまったようですが……」

「やりすぎ？　とんでもない。おかげでこの地は救わ――――あいたぁっ⁉」

「きゅいっき――――っ‼」

サイラスの手に、精霊が噛みつきをかましていた。

その姿はまるで、『フィオーラが痛がってるのに何するんだよ？』と騎士を気どるようだ。

幸い血は流れていなかったが、サイラスは狼狽し掌をさすっていた。

そんな彼へと、精霊が尻尾(しっぽ)を膨(ふく)らませ追撃(ついげき)を加えようとしたところで、

「待って待って‼　落ち着いてっ‼」

「きゅあっ？」

毛を逆立てる精霊を、フィオーラは慌(あわ)てて抱きしめる。

なだめるように背中を撫でてやると、徐々(じょじょ)に興奮が収まっていった。

「きゅいっ？」

「わわっ⁉」

精霊は一鳴きすると、フィオーラの体を駆け上っていった。

胴体から胸部、その上の肩(かた)へと。

するりと上り詰めた精霊は、フィオーラの肩に陣取(じんど)り満足したようだった。

「…あなた、そこが落ち着くの？」

フィオーラは顔のすぐ横、もふもふとした精霊の顔を見た。

懐(なつ)いてくれるのは嬉(うれ)しいが、相手は何せ精霊だ。

首筋をくすぐるふわさらとした毛並みを撫でてみたくなるが、獣と同じように扱っていいものか謎(なぞ)だった。

「きゅきゅいきゅいっ？」

精霊の頭が、フィオーラの頬に押し付けられる。

ぐりぐりとこすりつけられる頭を撫でてやると、精霊が嬉しそうに身をよじる。

（かわいい……）

フィオーラが頬を緩めると、アルムが静かに頷いていた。

「その精霊は、君の樹歌によって生み出された存在だ。君に懐くのは当然だし、君を害そうとする相手には、容赦しないはずだからね」

「……え？」

何やら物騒な発言が聞こえた気がする。

フィオーラはぎこちない動きで、アルムから精霊へと視線を戻した。

「この子に……」

そんなすごいことができるのですか、と続けようとしたところで。

フィオーラは唇を閉じ黙り込んだ。

どんなに愛らしく見えようとも精霊は精霊。

普通の人間が相手なら、何人であろうとびくともしないに違いない。

「きゅい？」

フィオーラの顔の横で、精霊が首を傾げていた。

間近で見つめてくる円らな瞳に、フィオーラの顔が映り込んでいるのが見える。

「何でもないです。ただ、あなたにどんな力があるのか、少し気になっていただけで――」

精霊の頭を撫でてやろうと伸ばした指が、空しく宙に浮いていた。

「え……？」

「きゅうきゅきゅきゅぅっ？」

フィオーラの肩から下りた精霊が、しなやかな体で地面を走り回る。

四本の脚で駆けつつ、時々上半身を持ち上げ、確認するよう周囲を見回していた。

精霊はやがて立ち止まり、一点をじっと見つめた。

視線の先にあるのは、人の腰丈ほどの木の棒だ。弱体化していた衛樹の保護のため、立ち入り禁止地帯の目印にしていた棒のうちの一本だった。

「きゅいっ‼」

気合を入れるような掛け声。

くるりと一回転。

精霊が水平方向に体を回すと、長くもっふりとした尻尾が淡い光を放ったように見えた。

「光った……？」

気のせいだろうか？

フィオーラは首を傾げ、次の瞬間目を見開いた。

「棒が真っ二つに……」

切断された棒の上部が地面に転がり落ちる。

鉄ほどの強度はないとはいえ、人間が素手で折るには難儀する太さの棒だ。

「かまいたちだね」

「……かまいたち？」

棒の断面を見るアルムが補足した。

「風の刃みたいなものだよ。直接触れなくても、ある程度の固さまでなら切ることができるはずだ」

「きゅきゅっ‼」

アルムの言葉に、精霊が頷くように頭を上下させていた。

その様子に、フィオーラは気になることがある。

「……もしかしてこの子、人の言葉が理解できているの？」

「きゅいっ‼」

精霊が、またもや頷いていた。

「完全に理解はできてないはずだけど、おおまかな内容は伝わってるんじゃないかな？　人間が、母国語以外の言葉を聞いているようなものだと思うよ」

「……賢(かしこ)いんですね」

賢く、そして強力な、ある意味物騒な力を持っている精霊だ。

かまいたちという力を使えば、兵士相手にだって引けを取らないはずだ。

「……あなたは、私と一緒に行動するつもりなんですか？」

「きゅきゅきゅあっ‼」

もちろんです、と答えるように、精霊が何度も頷いた。

円らな瞳でフィオーラを見上げると、するすると体を上り上へ上へ。

（アルムに続いて精霊様まで……）

肩の上へ陣取った精霊の毛並みを感じながら、フィオーラは空を見上げたのだった。

「んっ………」

フィオーラが喉を震わせると、頬に柔らかな毛並みが触れてきた。

「……くすぐったい……」

顔に当たっているのは、枕元(まくらもと)で添い寝する精霊の尻尾だ。

もふもふ、ふわっ、もふもふ。

気ままに揺らされる尻尾の柔らかさに感動しつつ、フィオーラは瞼を持ち上げた。

いたちの姿をした精霊を撫で、昨日のやりとりをぼんやりと思い出した。

『精霊様に、私が名前を……？』

畏れ多さに辞退しようとしたフィオーラだったが、

『フィオーラの思いを受けて生まれた精霊だからね』

『きゅきゅっ!!』

期待を込めて見つめてくる精霊の瞳に、名づけを引き受けることになったのだ。

『イタチ、かまいたち、茶色くてかわいくてすばしっこい……』

精霊の特徴(とくちょう)をあげ、名前の候補を考える。

しばらく迷った末に、アルムと同じように物語の登場人物から名づけることにした。

『イズー……』

昔、母から教えてもらった物語の登場人物の名前だ。

軽業（かるわざ）使いの剽軽（ひょうきん）な登場人物で、いたちの精霊にぴったりだと思えた。

『精霊様、イズーという名前でどうでしょうか？』

『きゅいっ？』

イズーと呼ぶと、精霊は嬉しそうに尻尾をはためかせたのだった。

「イズー、おはようございます」

「きゅいっ‼」

「おはよう。よく眠れたかい？」

返ってきた挨拶は二つだった。

身を起こしたフィオーラの肩に、さっそく駆け上がったイズーと。

今日も同じ部屋で過ごすアルムだった。

「おはようございますアル――」

フィオーラは思わず息をのんだ。

（綺麗…………）

透明（とうめい）な朝の光が、アルムの輪郭（りんかく）を輝かせていた。

白銀の髪は光を紡（つむ）いだ糸のように、風にそよいで揺れている。

差し込む朝日に、宝石のような緑の瞳が煌きどきりとしてしまう。

開け放たれた窓辺に佇むアルムは、声をかけるのが躊躇われるほど美しかった。

「どうしたんだいフィオーラ？」

「……なんでもないです」

我に返り、フィオーラは誤魔化すように両腕を振った。

「アルムはそこで、何をしているんですか？」

「光合成だよ」

「…………コウゴウセイ？」

何か神聖な儀式だろうか？

聞きなれない言葉にフィオーラが首を傾げると、もふさらとしたイズーの尻尾が頬をくすぐった。

「あぁ、今の人間社会では失われた知識かな？　わかりやすく言うと、そうだな……。日向ぼっこであり食事だよ」

「……日の光にあたっていたんですね」

フィオーラは納得した。

コウゴウセイという言葉は知らないが、植物が育つのに光が必要なのは知っている。

朝陽を浴び、聖なる雰囲気を漂わせていたアルムだったが、彼にとっては日課の食事のようなものなのかもしれなかった。

「アルムは毎日、太陽の光を浴びないと動けなくなるのですか？」

「試したことはないけど、数十日は大丈夫なはずだよ。ただ、日の光を浴びるとすっきりするから、自然と引き寄せられていくんだ」

「……きっと人間が、料理の匂(にお)いに吸い寄せられるようなものですね」

陽の光を求め、自然と体が動くというアルム。

ひまわりみたいだなと思い、アルムを身近に感じたフィオーラが微笑(ほほえ)んでいると、

「アルム……?」

距離(きょり)が近い。

窓辺を離(はな)れたアルムが、いつの間にかフィオーラの横へ来ていた。

「アルム、どうしたんですか?」

「フィオーラ、笑ったね」

「……はい」

フィオーラは自然と笑みをこぼしていた。

昨晩、多少やりすぎたものの衛樹の力を復活させ、肩の荷が下りていたのもあったが、

(それだけじゃ、ないですよね……)

このところ数年間、フィオーラが浮かべた笑いの多くは、ミレアたちへの服従を表すものでしかなかった。

唯一(ゆいいつ)、気を許し話すことができたノーラ以外に対しては、いつも怯えて無表情になっていた。

気づいたら穏やかな気持ちで笑っていたのは、もう久しく覚えのない体験だ。

「アルム、ありがとうございます。アルムがいてくれるおかげで、私は笑えるんだと思います」

「………」

「アルム？」

無言のままアルムが、更にフィオーラへと近づいてくる。

深く澄んだ緑の瞳を囲む、長いまつ毛の本数さえ数えられそうな程だった。

「もしかして私、寝癖やよだれがついていますか？」

「光合成だよ」

「……？」

「日光を求めるみたいに、フィオーラの近くにいきたいと感じたんだ」

「近くに……」

フィオーラがアルムの主だからだろうか？

アルムが視線を逸らすこともなく、真っすぐな瞳でフィオーラを見つめている。

間近に迫ったアルムの瞳に、フィオーラは慌てて身を引いた。

しかし引いた分だけ、一歩二歩とアルムが距離を詰めてくる。

「なぜ遠ざかるんだい？」

「それは……」

フィオーラにもよくわからなかった。

人間離れした完全な美しさを備えたアルムに至近距離から見つめられ、自分でもどうしたらいいか分からなくなったのだ。

「そ、そうです‼　私は服を着替えなければいけません。悪いけど、少しこちらを見ないでいてもらえますか？」

「……わかったよ」

少しの間を置いて、アルムが頷いてくれた。

アルムがイズーへと腕を伸ばすと、その腕を伝いイズーが駆け寄っていく。

「フィオーラがいいと言うまでこっちで待っているから。急がず着替えてくるといいよ」

寝巻から着替えたフィオーラは、まず衛樹……ではなく精霊樹の様子を確認することにした。

軽く身支度を整え、アルムとイズーと共に部屋を出る。

「フィオーラ様、おはようございます」

「わっ!!」

「きゅっ!!」

部屋を出るや否や、真横から声がかけられる。

驚いたフィオーラが声を上げ、つられてイズーもびっくりしていた。

扉の横に立っていたのは、鞘に入った剣を携えた男性だ。

神官服を着ているから、教団の武を担う役職の人間のようだった。

「フィオーラ様、おはようございます。ちょうど起きられたところだったんですね」

廊下の向こうから、折よくハルツがやってきた。

「おはようございます。ハルツ様、この方はもしや、私の部屋の前でずっと控えていたのですか?」

「ええ、そうです。昨日フィオーラ様が部屋に入られた後、交代で護衛にあたらせていました」

「一晩中、ありがとうございました」

護衛の男性へ、フィオーラは頭を下げ礼を述べた。

教団の建物に物取りや不審者が入り込むとは思えなかったが、用心してしすぎることはないのかもしれない。

フィオーラは改めて、自分の立場の変化を実感していた。

護衛だけではなく、専任の世話係の女性もつけられているのだ。

タリアというその女性は、金の髪に紫の瞳という、フィオーラが苦手とする色の組み合わせをしていたが、気性は穏やかで親しみやすそうだった。

「フィオーラ様、良ければ朝食の後、少しお話しできないでしょうか？」

「わかりました。ただその前に、精霊樹の様子を見てきてもいいでしょうか？」

「もちろんです。私もお供しますね」

ハルツと共に、中庭へと足を延ばす。
一晩がたち、日の光の下で改めて見た精霊樹はとても元気そうだった。
まっすぐに伸びる幹、朝の光に輝く緑の葉。
……そして緑の間からは、いくつもの銀色の果実が姿をのぞかせていた。

「精霊の実……」

「そのようですね」

ハルツも、同じ見立てのようだった。

「実は昨晩、フィオーラ様がお戻りになった後に精霊樹を確認したら、小さな実が下がっているのがわかったんです。昨日はさくらんぼ程でしたが、一晩でずいぶんと大きくなりましたね」

銀色の艶(つや)やかな実は、小ぶりな林檎くらいはありそうな大きさに育っていた。

「この実から、どれくらいで精霊が生まれるか、アルムはわかりますか？」

「十日後くらいじゃないかな？　昨日生まれたイズーは、精霊樹がフィオーラへのお礼の気持ちを込めて、特別に育て送り出してくれたんだと思うよ」

「そうだったんですね……」

フィオーラは右手でもふもふとしたイズーの頭を、左手で滑らかな精霊樹の幹を撫でていく。

人の言葉は発しない一匹(ぴき)と一本だけど、フィオーラのことを思ってくれていたらしい。

「この実から生まれた精霊たちは、この近くに住む人間を守ってくれるのでしょうか？」

「フィオーラが望めば、そうしてくれるはずさ」

「わかりました。……ハルツ様、それで問題ないですよね？」

「え、ええ。もちろんです。ありがとうございます……」

いきなり精霊が何体もこの地に、と。

嬉しさと困惑(こんわく)がまぜこぜになった笑顔を、ハルツは浮かべたのだった。

フィオーラたちは朝食をすませると、応接室に連れてこられた。

向かいに座るのは、この支部の教団長とハルツだった。

「フィオーラ様は今後、どこにお住まいを定めるおつもりでしょうか？」

「住む場所、ですか……」

いくつかの心残りがあるとしても、伯爵邸に帰りたいとは思えなかった。

（私に、選択の自由が許されるのだとしたら……）

ミレアたちとは離れ、アルムや精霊たちと暮らしたかった。

「ご迷惑でなかったら、しばらく教団に置いてもらえないでしょうか？　お金などは持っていないので、居候という形になってしまいますが………」

「居候だなんてとんでもありません‼」

ハルツが恐縮したように首を振っていた。

「むしろこちらからお願いしたいところです。フィオーラ様さえ良ければ、一度王都の、この国の教団本部までご一緒していただけないでしょうか？　もちろん今すぐというわけではなく、精霊の実が熟し、精霊様がお生まれになったのを確認した後で構いません」

「王都ですか……。それはつまり、精霊樹に関係することでしょうか？」

「はい。そのことも含め、一度王都の教団へとご同行をお願いしたいのです」

王都には多くの人々が住まい、国を守る要として、精霊樹が植えられていると聞いている。

もし王都の精霊樹に問題が生じているなら、フィオーラが力になれるかもしれない。

（それにずっと、私が隠れているわけにもいかないよね……）

フィオーラは、世界樹であるアルムの主になってしまったのだ。

そんなフィオーラの存在を、ハルツたちのみで扱い、隠し通すのは無理があった。

千年樹を奉じる教団のお偉方が集まる、王都に向かう必要があるようだ。

（私とアルム、それにイズーがどう扱われるか不安だけど……）

だからと言って、この場を去り帰るという選択肢はなかった。

千年樹教団は、国をまたいで多くの人員を抱えている一大組織だ。不要ないさかいは起こしたくないし、フィオーラも王都へと一度顔を見せなければならなかった。

「わかりました。王都に行こうと思うのですが、その前に二つほどお願いをしてもよろしいでしょうか？」

「お願い、ですか……。内容をお聞きしても？」

「一つ目は、王都に旅立つ前に一度、ザイザ君のお母さんと村の様子を確認しにいきたいんです」

なりゆきとはいえ、フィオーラが関わることになった人たちだ。

無事に傷が癒えているかどうか、この目で見ておきたかった。

「わかりました。手配をいたしたいと思います。……もう一つはなんでしょうか？」

「伯爵邸に勤める侍女、ノーラの処遇についてです」

ずっと気がかりだった、赤毛のノーラのことだった。

「ノーラは私に優しくしてくれていましたが、そのせいでミレア様たちに目を付けられていたんです。私が伯爵邸に戻らなかったら、ノーラに迷惑がかかるかもしれません。彼女が望むなら、伯爵邸ではなく別の場所で働けるよう、良い働き先を紹介していただけませんか？」

「侍女の転職斡旋ですか……」

「……難しいでしょうか？」

「いえ、ちょうどいい機会だなと思ったんですよ」

「いい機会……？」

「きゅいきゅきゅいっ？」

フィオーラがわずかに首を傾げると、肩に乗るイズーも首を傾けていた。

鳴き声もなんとなく、フィオーラの発音を真似しているようだった。

「フィオーラ様が昨日生み出した薔薇は、黒の獣を消滅させていましたよね？」

「はい」

それがどう、ノーラの転職へと繋がるのだろうか？

「フィオーラ様にも知っておいていただきたいのですが、それは本来とんでもないことなんです。衛樹は黒の獣を遠ざけますが、衛樹に直接黒の獣が触れたところで、即座に消滅することはあり得ません」

ハルツの視線が、イズーへと向けられていた。

「そのことを鑑みると、フィオーラ様の生み出した薔薇は精霊様と同じかそれ以上の、我々人間にとって計り知れない可能性を秘めた宝物。平民であれ貴族であれ、到底個人の手には負えない代物です」

「貴族であっても……」

　思い出す。

　フィオーラが最初に薔薇を生み出したのは伯爵邸の庭だ。

　ほんの四日前のことだが、激動の毎日のせいで、ずいぶん昔のことのように思える。

「私が伯爵邸で咲かせた薔薇の世話を、義母様たちに任せるわけにはいかない、ということでしょうか？」

「……もし枯らされてしまったら取り返しがつきませんし、ミレア様たちが薔薇の価値を知ってしまったら、不埒(ふらち)な盗人(ぬすっと)が現れる可能性も考えられます」

　盗人。

　本来は外部からの侵入者(しんにゅうしゃ)を指すはずだが、ハルツの言いたいのはそれだけではない気がした。

（義母様やミレア様たちが、薔薇を盗(ぬす)んで売りさばこうとするかもしれない……）

　あの二人ならやりかねないと思えてしまうのが、身内として残念なことだった。

　豪勢(ごうせい)に金貨を使うミレアたちのせいで、伯爵家の財政は思わしくないはずだ。

（お父様は衝突(しょうとつ)を嫌(きら)って、見ないふりだったし……）

　父は、実の娘であるフィオーラの虐待(ぎゃくたい)も黙殺(もくさつ)していた人間だ。

　フィオーラの胸が、軋(きし)むように痛んだ。

　父とはもう何年も、まともに会話を交(か)わしていないが、母が生きていた頃は可愛がってくれた記憶がある。

（私がいなくなって、お父様は少しでも寂しがってくれたかしら？　それとも……）

厄介ごとの種がなくなってほっとしているのだろうか、と。

考えかけたところで、フィオーラは思考を引き戻した。

……伯爵領は特別大きな産業もない土地柄だ。

借金とまではいかなくても、いつまでも贅沢できる経済状況でないのは間違いない。

「伯爵邸には厳重な警備が必要ですが、失礼ながら今のフィオーラ様の実家に、警備の人手をまかなえるだけの余裕があるようには思えません」

「……ハルツ様のおっしゃる通りだと思います。伯爵邸の警備は義母様たちの代わりに、教団の方が手配してくださるということでしょうか？」

「そうさせていただけるとありがたいです。薔薇はあくまでフィオーラ様のもの。その薔薇が不当な扱いを受けないよう、見守らせていただきたいと思います」

「僕もそれに賛成だな」

黙って会話を見守っていたアルムが、するりと加わってきた。

「あの薔薇は簡単に枯れることはないとはいえ植物だ。もし火をかけられてしまったら、一たまりもないからね」

残念ながら僕とは違ってね、と。

さらりとアルムが言ってのける。

「あの害虫たちに、薔薇の世話を預けるのは論外だ。それくらいならまだ、教団に管理を任せた方がずっとマシさ」

アルムの言葉は毒舌（どくぜつ）なものの、方向性はフィオーラの考えと同じものだった。

「わかりました。薔薇は教団の方にお任せしたいのですが、私が最初に薔薇を出現させたのは伯爵家の土地です。そのことを盾（たて）に、義母様やミレア様が薔薇の所有権を主張したら、どうなさるおつもりですか？」

「問題ありません。我々教団は、衛樹や世界樹の生み出したものに関して、優先的に関わる権利を持っております。それにもう一つ、ミレア様たちはこちらの条件を呑（の）んでくれる理由があります」

「理由？」

「ミレア様の痣です」

フィオーラは昨日のミレアの様子を思い出した。

体に痣を残される苦しみは、フィオーラ自身が嫌（いや）というほど知っていた。

自分の行動が巡（めぐ）り巡って、誰かの体に爪痕を残してしまったという事実に。

たとえ相手がミレアであっても、苦い気持ちになってしまった。

「ミレア様の痣は自業自得です。フィオーラ様が思い悩む必要はありませんが……。簡単に割り切れるものではないでしょうから、妥協案（だきょうあん）とでも言うべきものがあります」

「妥協案……？」

フィオーラは考え、やがて思い至りはっとした。

ミレアの痣、薔薇の所有権、それに侍女のノーラの処遇といった問題をまとめると、フィオーラにも思いついた考えがあった。

「ハルツ様のおっしゃる妥協案ですが、それはもしかして、ミレア様の痣を治す代わりに、薔薇の権利を諦めてもらうということでしょうか？」

「その通りです。ミレア様たちが薔薇の所有権を主張するということは、我ら教団と道を違えるということです。もしそうなったならば、教団がミレア様の痣の治療に協力することはありません。教団の言うことは無視するが痣は消せという一方的な主張を、認めるわけにはいきませんからね。……ですが、実はこの話、一つ問題点があるんです」

ハルツが眉を下げ困ったように笑った。

「ミレア様の痣を治すのは、私たちにはおそらく不可能です」

「治癒師の方でもですか？」

「難しいでしょうね。なんせ、世界樹の化身であるアルム様のお力によってできたものです。生半可な手段では消せないだろうと、優れた癒やし手であるサイラスも同じ意見のようでした」

「……そういうことだったんですね」

ようやく、フィオーラにも全体像が見えてきた。

「アルムの血なら、ミレア様の痣も消せるんですよね？」

「できるよ。やりたくはないけどね」

アルムが顔をしかめた。

害虫呼ばわりといい、ミレアのことはとことん嫌いなようだ。

「……でも、フィオーラが望むなら、そして伯爵邸の薔薇を救うためなら、血の一、二滴なら提供してやるよ。害虫だって上手く利用すれば、実りの助けになるものだからね」

「ありがとうございます」

アルムの返答に、フィオーラは胸を撫でおろした。

ミレアの痣が気になるのは、フィオーラの自分勝手な思いだ。

そんな思いを解決し、薔薇の保護に役立てられるなら、願ってもいない機会だった。

「フィオーラ様、アルム様、ご協力ありがとうございます。薔薇の所有権を諦めてもらう代わりに、アルム様がミレア様の痣を治す。薔薇の管理と警護のため、伯爵邸は教団に供出してもらう。その間、ミレア様たちには伯爵家の別邸に移っていただく形になるかと思います」

「わかりました。……伯爵家の別邸、私は使用したことはありませんが、本邸よりは一回り小さいはずです。侍女の数も減らさなくてはいけないでしょうから、その機会に教団でノーラを引き抜き、処遇を考えていただけませんか？」

「そのつもりです。このような形で大丈夫でしょうか？」

「お願いいたします。ノーラのことも薔薇の保護も、そうしていただけるととても助かります」

安心して肩の力が抜けるが、フィオーラには一つ気になることがあった。

（ハルツ様、この短い期間でミレア様たちを説き伏せる方法を考えたのよね。交渉ごとに慣れているのは、やはり貴族出身ということでしょうか……？）

それに思い返せば、ハルツは伯爵令嬢であるミレアに対しても全く物おじしていなかった。

神官は身分の外にいる扱いだが、どうしても平民出身の神官では、貴族相手に腰が引けるものだと聞いている。

（ミレア様相手に一歩も引かなかったハルツ様は、もしかして結構な高位貴族の出身だったり？）

ハルツが神官の道を選んだ以上、それ以前の身分について根掘り葉掘り尋ねるのは失礼だ。

フィオーラは疑問を封印し、これからの行動について話を進めていったのだった。

その翌々日、伯爵邸の二階にて。

けたたましい音を立て、扉が勢いよく開かれた。

「お母さまっ‼　一体どういうことよっ⁉」

怒りと焦りを振りまきながら、ミレアがリムエラへと歩み寄る。

「この屋敷を追い出されるってどういうことなんですか？」

「ミレア、黙りなさい」

「これも全部、フィオーラのせいな――」

ぱぁん、と。

平手打ちによって、ミレアの言葉が遮られた。

今まで一度たりとも手を上げられたことのなかったミレアは、呆然と母の顔を見つめた。

「お母さま……？」

「その忌々しい名前を口にしないでちょうだい」

「は、はいっ……‼」

ミレアはこくこくと頷いた。

リムエラの唇は笑みを浮かべていたが、紫の瞳には間違えようのない憎悪が渦巻いていた。

「ミレアの腕を治してほしいなら、薔薇ごと伯爵邸を差し出せと、教団の生臭神官に告げられたわ」

「使用人たちの話は本当だったのね……」

ミレアは唇を噛みしめた。

実はミレアはサイラスににべもなく断られた後、伯爵家の金と権力を駆使し、別の治癒師への渡りをつけていた。

そこまでは良かったのだが、痣は少しも改善することはなかったのだ。

並の治癒師では歯が立たない以上、痣を治すためには教団の要求を呑むしかなかった。

たかが痣とはいえ、右腕全体を覆う程の大きなものだ。

いきなり刻まれた不吉な痣は、年頃の貴族令嬢であるミレアにとって大きすぎる足枷だった。

「ふふっ、ふふふっ、どうせあの小娘が、神官をたぶらかし私たちに嫌がらせをさせたんでしょうね」

薄汚い女。母とそっくりで、さすがは血のつながった娘ね、と。

リムエラが黒々とした笑みで呟いた。

「母と同じで、また私の邪魔をするのね。どこまでいっても目障りな親子――――」

「リムエラ様っ‼」

慌てた様子で、使用人が部屋へと飛び込んできた。

「大変です‼　とんでもないお方がいらっしゃいました‼　なんと――――」

使用人の告げる名に、ミレアだけでなくリムエラも動揺を露にした。

「なぜ、そのような方が突然わが家に………？」

リムエラは訪問客に失礼のないよう準備するため、慌てて立ち上がったのだった。

5章　婚約破棄の真実

良く晴れた空に、さわさわと精霊樹が枝葉をそよがせている。

精霊樹のある中庭は人の立ち入りが制限されていたが、今は少し騒がしかった。

「うおおおんっ？」

「な～～～～お～～～～」

「ちちいっ」

声の主は、木陰に集った人ならぬ存在だ。

犬に猫、ねずみに猪、鹿、それに小鳥など。

体のそれぞれに一輪の花を宿す、精霊たちの集まりだ。

十体を超す精霊たちはフィオーラへと我先に群がり、甘えた声をあげていた。

「う、埋もれますっ………‼」

毛皮もつ精霊たちに囲まれ、フィオーラは立ち往生していた。

右を見るともふもふ、左をみてももふもふ。

肩では小鳥が囀り、駆け上がってきたねずみと縄張り争いを始めた。

「ぴぃっ？　ぴいいぃぐえあぁっしゃ――っ‼」

「ちぃ？　ちちぃしゃあっ？」

「待ってください‼　落ち着いて落ち着いてっ‼」

ねずみと小鳥の喧嘩の仲裁という、世にも貴重な体験をするフィオーラ。

四方八方を精霊たちに囲まれ、すっかり動きが取れなくなっていた。

「きゅきゅいっ？」

高く鋭い鳴き声。イズーだ。

その声に他の精霊たちが、一斉にびくりと体を揺らした。

「………助かりました？」

波が引くように、精霊たちがフィオーラから離れていった。

少し離れた場所で、一列に並ぶ精霊たちを睨みつけるように、イズーが陣取っていた。

「きゅい？　きゅきゅきゅきゅあぁっ？」

どこか叱るような調子で、イズーが精霊たちに声を上げる。

「……なうぅ……」

「んな〜〜おぅっ」

犬の尾は垂れ、ねずみのひげはしんなりとし、小鳥は頭を下げていた。

イズー以外の精霊は、はっきりと落ち込んだ様子だ。

まるで叱られた子供のようだった。

「あの子たちはいったい、どんなやり取りをしているのかしら………？」

「気になるかい？」

精霊樹の傍らに座り込んでいたアルムが歩み寄ってくる。

アルムが精霊たちのするがままにしていたということは、フィオーラへの害意はないと判断したということだ。

（でも、びっくりしました。うっかりもふもふに潰されるかと……）

フィオーラは目の前に整列した精霊たちを見た。

今日、フィオーラが精霊樹の前に足を運んだとたん、次々に生まれてきた精霊たちだ。

精霊たちは生まれるや否や、親し気に近寄ってきたのだった。

「彼らにとって、精霊樹を助けたフィオーラは命の恩人のようなものだよ。愛しくて慕わしくて、近寄らずにはいられなかったんだ」

「そうだったんですか……」

「でも彼ら、勢いに押されたフィオーラが困っていてもお構いなしだったろう？　これはいけないと、イズーが割って入ったっていうことさ。人間で言うところの、教育的指導ってやつかな？」

「イズーの教育……」

狼も猪も、イズーの前で大きな体を縮こませうなだれている。

自然の獣ではありえない、精霊の集まりならではの光景だ。

「もしかしてイズーは、他の精霊様たちにとってお兄さんのような存在なんでしょうか？」

「あぁ。その認識で間違いないと思うよ。この精霊樹から最初に生まれたのがイズーだからね」

「ふふっ、かわいらしいお兄さんなんですね」

小さなイズーが兄で、大きな狼たちが弟。

世にも珍しく、そしてほほえましい関係に、フィオーラは笑い声をあげたのだった。

精霊たちの誕生を見届けたフィオーラは、その十日後に王都へと出発することになった。

衛樹は精霊樹へと強化され、十体以上もの精霊たちがこの地を守るのだ。

黒の獣対策は万全だというのが、ハルツらの見立てのようだった。

「フィオーラ様、ご準備は整いましたか？」

「はい。今行きますね」

声をかけてきたのは、ここ数日で顔なじみになった女性神官のタリアだ。

（タリアさんとも、今日でお別れなんですよね）

ようやく打ち解けられてきたところで、少しだけ残念だった。

タリアは、金の髪に紫の瞳をしている。その色の組み合わせが、ミレアや義母と同じだったせいで、最初は腰が引けてしまったが、タリアはそんなフィオーラにも、温かく接してくれていた。

（すこし寂しいな…………）

短い期間だったが、大変お世話になったのだ。

後ろ髪をひかれていると、

「浮かない顔してどうしたんだ？」

「サイラス様……」

サイラスが、顔を覗(のぞ)き込んできた。

精霊樹の一件以来、彼は何かとフィオーラを気にかけ、話しかけてくれていた。

「げ。やめてくれよ。何度も言ってるが、君に様づけされるなんて、どう考えてもおかしいだろ」

「ですが、サイラス様は年上で、治癒師(ちゆし)としても高名です」

「却下(きゃっか)だ。『サイラス様』は禁止だからな」

呼び捨てにするよう、命令されてしまった。

それがおかしくてフィオーラが笑うと、サイラスも表情を緩(ゆる)める。

「ま、しばらくは一緒(いっしょ)に行動するんだ。王都につくまでには、様付けを直してくれよ？」

そう言ってサイラスは手を振(ふ)りながら、馬車の一台へ向かった。

フィオーラが生み出した精霊のおかげで、この辺りの治安は劇的に改善しつつある。

サイラスはより多くの人間を癒(い)やすため、王都に行くことを決めたらしい。

「サイラス様……いえ、サイラスさん、とても勤勉な方なんですね……」

「……その通りですが、それだけではないと思いますよ？」

彼、わかりやすいですね、と。

ハルツが、ぼそりと呟(つぶや)いた。

(何か他(ほか)に、サイラスさんが王都に向かう理由が……？)

気になりつつも、フィオーラは馬車へと乗り込んだ。

窓から外を見ると、精霊たちが一列になり見送りに来ていた。

そんな彼らへと、

「きゅきゅいっ‼」

肩の上でイズーが一鳴きした。

フィオーラのことは僕にまかせて、と言っているのだろうか？

精霊たちを代表して、イズーがフィオーラと同行することになったのだ。

王都に向かう二台の馬車に乗り込んだのはイズーとフィオーラにアルム、それにハルツにサイラスと、何人かの神官だ。王都までは片道五日間ほどの道行になるはずだった。

（伯爵家からこんなに遠く離れるのは初めてね……）

遠ざかっていく精霊に手を振りつつ、フィオーラは軽く感慨を覚えた。

母がいない以上、正直なところ伯爵家に未練はほとんどない。

数少ない心残りは、侍女のノーラと薔薇たちについてだった。

（義母様たちはまだ、伯爵邸を空けていないんですよね……）

ハルツの持ち掛けた取引に、リムエラたちはまだ首を縦に振っていないらしい。

ノーラたちが心配だが、これは予想内の展開だ。

フィオーラの父である伯爵家の当主は今、王都へと出張していて不在だった。

伯爵邸の中では女王のごとく振る舞っていたリムエラでも、伯爵邸の明け渡しを独断では判断できないはずだ。

（ハルツ様の見立てでは、お父様は取引に応じるだろうとのことでしたね）

ならば、問題はないはず。

心残りはないはずだったけれど。

（ヘンリー様は今、どうしているのでしょうか……）

一方的に婚約を破棄されたとはいえ、四年の間、兄のように慕っていたのだ。忘れるには早すぎる相手だった。

「フィオーラ、どうしたんだい？」

「……なんでもありません。空に、雲が増えてきたなと見ていたんです」

フィオーラの心を映し出したかのように、陽は翳り暗くなってきた。

もうすぐ、雨が降りそうな空模様だった。

「ここが王都ですか……」

馬車の窓から見えるのは、王都を囲む城壁だ。

フィオーラ数人分の高さはあるであろう城壁。

その城壁越しに、更に背の高い建物がひしめいているのが見えた。

王都ティーグリューン。

五日間の馬車の旅を経てたどり着いたのは、この国最大の都市だった。

「きゅい？　きゅっきゅ、きゅきゅきゅきゅいっ？」

イズーが興奮したように鳴き声をあげ、座席の上でくるくると回っていた。

フィオーラも気持ちは同じだ。

窓の外では多くの人々がひしめき、活気とざわめきが馬車の中にまで伝わってくる。

まるで祭りの時のような光景だが、王都ではこれが日常らしい。

数えきれない程（ほど）の人間が、日々の生活を送っているのだった。

（すごい数の人で、酔（よ）ってしまいそう…………）

そんなフィオーラの心配は、馬車が進むと晴れることになった。

王都の中にある城壁をくぐると、ぐっと人出が少なくなってくる。

限られた人間しか出入りできない区域に入ったからだ。

王都は三重の城壁に囲まれており、最外周部が平民の区画、二番目が貴族や豪商（ごうしょう）などの区画、そして一番内側の城壁の内にそびえたつのが、王城となっていた。

貴族たちの邸宅を通り過ぎると、目的の建物がそびえたっている。

この国の神官たちを取りまとめる、千年樹教団の一大拠点（きょてん）だった。

（すごい立派な建物…………。これが王城だと言われたら、信じてしまいそうね）

十七年間伯爵領で育ってきたフィオーラにとっては驚（おどろ）きの連続だ。

イズーと一緒にお上りさん丸出しで、窓の外の景色に釘付（くぎづ）けになっていた。

教団の王都本部へと迎え入れられたフィオーラはまず、服を着替えることになった。

旅の途中も、贅沢に湯を使い身ぎれいにしていたが、それでも長旅に服はよれてしまうものだ。

高位神官の前に出るには失礼にあたると言われ、急遽着替えが用意されたようだった。

「フィオーラ様、こちらへどうぞ」

案内されたのは、奥まった場所にある小さな一室だ。

部屋は狭く、右手の壁に作り付けらしい大きな棚が備えられていた。

（この広さだと、私一人で手狭ですね……）

フィオーラはアルムを見上げた。

「すみませんが少し、部屋の前で待っていてもらえませんか？」

「……そうしよう」

渋々といった様子だ。扉の前で待機していれば問題ないと判断したらしい。

「では、失礼しますね」

扉を閉めると、フィオーラは小部屋に一人きりになった。

イズーは今ごろ、教団の建物の外周を駆け巡っているはずだ。

馬車から下りるや否や、興味津々といった様子で駆けだしていったのだった。

（尻尾を振りながら歩き回る姿、かわいかったなぁ……）

思い出すと唇が緩んだ。

精霊たちの中では長男にあたるイズーだが、まだ生まれて一月もたっていないのだ。

目に映る全てが新鮮で、初めての王都にも興奮しているようだった。

祭りの日にはしゃぐ子供のようなイズーをほほえましく思いながら、手早くドレスを脱いでいく。

くるみボタンを外そうと、背中に手を伸ばしたところで、

「っ⁉」

口元へと、布が覆いかぶさっている。

(何っ⁉　どうなってるんですかっ⁉)

背後から、誰かに襲いかかられている。

猿轡を噛まされ、太い腕で手を押さえつけられていた。

(助けをっ‼　アルムに知らせないとっ‼)

手足をばたつかせ、必死に抵抗するフィオーラだったが、

「大人しくしろ。ノーラがどうなってもいいのか？」

「⁉」

小声での恫喝と共に、目の前に一本のリボンが突き出される。

見覚えのある色と模様。

ノーラが髪をくくっていたものだ。

(ノーラがっ⁉　誰が⁉　それにどうしてここにっ⁉)

頭の中が混乱と恐怖で埋め尽くされ、体が動かなくなってしまう。

背中へと回された手首に痛みが走った。抵抗を封じるため、縄で縛られたようだ。

「よし。そのまま大人しくしていろ。もっとも、もう動けないはずだがな」

気づけば足も、自由を奪う縛めがされていた。

ノーラのリボンに動揺したとはいえ、あまりに素早い拘束だ。

突然の襲撃、正体不明の相手だが、荒事に慣れた人間であることは間違いない。

「上手くいったようだな」

「あぁ。ずらかるとしよう」

気づけばもう一人、襲撃犯が増えていた。

いつの間に、と。

狭い部屋を見回すと、大きな棚の背板が開き、隠し扉になっていたようだった。

（待って。つまりこれって、教団の中にも協力者がいるってこと……？）

口をふさがれ助けは呼べず、手足も動かせなかった。

なすすべもないフィオーラは、襲撃犯に連れ去られてしまったのだった。

「それでフィオーラは、まだ見つからないのかい？」

寒々しい空気の部屋に、更に温度の低い声が響いた。

ハルツと向き合ったアルムの顔は無表情だ。

感情をなくした面は、見る者に不安を与える静けさを湛えていた。

「……誠に申し訳ありません」

冷や汗を背に感じながら、ハルツは口を開いた。

フィオーラを誘拐されてしまった自責の念、不安と後悔。

加えて、フィオーラに危害が加えられていた場合の、アルムの反応がハルツは恐ろしかった。

「フィオーラ様が着替えられていた部屋にあった隠し扉と、その出口がどこに通じているかまでは確認できました。しかしその先、フィオーラ様がどこへさらわれたかは、足跡が途絶えてしまっているのです」

「犯人の心当たりは？　フィオーラにあの部屋を使うよう、指示した人間が教団内にいるはずだ」

「ゲヘタン大司教様です。この国に駐在する神官の中で、上から二番目の地位にある彼ですが、フィオーラ様が誘拐されたのと前後して、姿を消してしまっています。……重ね重ね、誠に申し訳ありません」

教団内部の裏切り者。

ハルツにとっては身内の不祥事に、ただ謝ることしかできないのだった。

「君が謝る必要はないよ。謝ったって意味はないんだ。欲しいのは今フィオーラがどこにいるか、それだけだ。教団は王都内にも情報網を持っているはずだろう？」

「残念ながら今のところ、有力な情報は引っかかっていません」

「……それはもしかして、ゲヘタン司教の裏切りも足を引っ張っているのかい？」

「お恥ずかしながら、そうかと思われます。ゲヘタン様はこの国の王侯貴族との折衝など、教団外部との窓口役になっていました。ゲヘタン様と親密だった神官も何名か所在が不明ですから、フィオーラ様の誘拐に加担し、捜索を妨害していると考えるのが自然です」

「教団の中にはずいぶんと、裏切り者が多いようだね？」

「……その点は、私も予想外でした」

ハルツは唇を噛んだ。

「私は確かに、この王都の教団支部へと、フィオーラ様の存在を報告いたしました。王都の教団支部長一派は、フィオーラ様を歓迎し受け入れるお心積もりでした。ゲヘタン様が支部長一派を出し抜こうと、フィオーラ様の身柄を確保したところで、彼らのみでは後が続かないはずなんです」

「……つまり、他に協力者がいるということだね？」

「おそらくそうです。そちらの線からも、捜査にあたらせているところです。サイラスも今、怪しいと思われる相手の元に向かっています」

疑わしいと思われる貴族や商人の名を、ハルツが挙げていった。

黙ってアルムが話を聞いていると、足元にするりと毛皮がすりよってくる。

「きゅい………」

ひげをしんなりとさせたイズーだ。

イズーは、自分が目を離したすきにフィオーラが誘拐されてしまったことを気に病み、深く落ち込んでいるようだった。

「きゅいきゅきゅきゅきゅきゅぁんきゅ……」

「そっちも手掛かりはなしか……」

イズーなりに、王都を駆けまわりフィオーラを探していたのだが、収穫はないようだった。

「フィオーラ……」

アルムは衝動的に胸をかきむしりたくなった。

（痛いな……）

怪我はしていないはずだが、じくじくと胸が痛み続ける。

手首を切った時よりもずっと、耐え難い痛みだった。

「……手がかりがないか探してくるよ」

痛みから気を逸らすように、立ち上がり行動を開始する。

何かしていないと、胸の痛みでおかしくなってしまいそうだ。

「フィオーラ……」

彼女に出会ってから、アルムの心は騒がしくなるばかりだった。

人の姿をとり、主を得た影響かもしれないが、初めての経験ばかりだ。

（けど、いらない。こんな痛みは、知りたくなんてなかったよ……）

フィオーラが誘拐されて一日だが、既に何年も陽の光を浴びていないようだった。

もし彼女が大けがでもした場合、アルムにも伝わるはずだから、ひとまず無事なのはわかっている。

だが、焦る気持ちはそれでも、一向にアルムの内から消えないのだった。


「ここはいったい、どこなんでしょうか……？」

もう何度目かもしれない問いを、フィオーラは一人唇に上らせていた。

今いるのは、美しく整えられた一室だ。

広々とした部屋には寝台や長椅子が備え付けられていて、調度品は見るからに高そうだ。

足りないのは窓と、一つしかない扉を開ける鍵くらいのものだった。

フィオーラは丹念に部屋の中を探したが、外に繋がっていそうな場所や、刃物の類は見つけることができないでいた。

この部屋に連れてこられて一日ほど。

窓がないため正確な時間はわからないが、一晩は経っているはずだ。

移動の途中は目隠しをされていたから外の様子はわからなかったし、たとえ見えていたとしても、初めての王都なので土地勘があるわけもない。

（今のところ、危害を加えてくる気はないみたいだけど……）

襲撃犯の正体は不明で、全く安心することが出来なかった。

せめて地面に触れられれば、樹歌によって植物を生み出し逃げ出せるかもしれないが、室内ではそれも望めなかった。

（私のせいで、アルムやハルツ様にも迷惑を……）

着替えのためとはいえ、一人になってしまったのはフィオーラの落ち度だ。

教団の中とはいえ完全に安心はできないと、十分頭ではわかっていたはずだったが、

（ハルツ様やサイラスさん、それにタリアさんは優しかったけど……）

だからといって教団の人全てが、良い人間とは限らないのは当たり前だった。

ノーラとヘンリー以外の人から優しくされたことで舞い上がり、そんな当たり前のことさえ頭か

ら抜けてしまっていたようだ。

自責の念に沈むフィオーラの耳に、金属のこすれる小さな音が届いた。

（？　ドアノブがっ‼）

外から鍵が開けられたらしく、金属製のドアノブが回っていた。

固唾を呑んで見守っていると、扉がゆっくりと開いた。

「え……？」

「フィオーラ、ようやく再会できたね」

誘拐犯の一味とは思えない、爽やかで親し気な声色だ。

「セオ様……？」

信じられない思いで、フィオーラは呟いていた。

目の前の金髪の青年は、伯爵領でたまに顔を合わせていた相手だ。

知人というほどでもない、顔見知りとしか言えない関係性。

だが、その金の髪に紫の瞳、整った顔立ちは見間違えようもなくセオだった。

「セオ様が、なぜここに？　……それに……」

フィオーラはセオの全身を見た。

上から下まで、一目で上等な仕立てだとわかる服装だ。

首元に飾られた宝石は大粒で、それだけで平民が何か月も食べていけそうだった。

「セオ様はやはり、貴族の方だったのですね……？」

「違うよ。私の本当の名は、セオドアというんだ」

「セオドア……」

この国では珍しい名前ではなかったが、思い当たることがありはっとした。

「セオドア様、いえ、セオドア殿下……？」

「正解だ。気づいてくれて嬉しいよ」

セオドアとは、この国の王太子の名だ。

雲の上の人物だったが、名前くらいは聞いた事があった。

（まさかそんなことが……‼）

フィオーラは慌てて頭を下げた。

「殿下に対して無礼な口をきいてしまい、申し訳ありませんでしたっ‼」

「気にすることはないさ。私だって正体を隠していたんだからね」

「…………ありがたいお言葉です」

「顔を上げてくれ。そんなにかしこまることはない。君は私と結婚するんだからね」

「……え？」

聞き間違いだろうか？

恐る恐る、フィオーラはセオドアを見上げた。

「セオドア殿下は今、なんとおっしゃったのですか？」

「君をこれから、婚約者にするつもりだと言ったんだ」

「……ありえません」

「どうしてだい？」

「……私は伯爵家の娘で、母は平民です。物知らずで、特技と言えるものだってありません。どう考えても、セオドア殿下の婚約者には不釣り合いです」

「君は謙虚だが、一つ嘘をついているね？」

「そんなことは――」

「次代の世界樹の主になったんだろう？」

「？」

フィオーラは後ずさった。

世界樹であるアルムの主であるということは、ごく限られた人間しか知らないはずの事実だ。

セオドアがその事実を知っているということはきっと、

「やはりセオドア殿下が、私の誘拐を指示したお方なんですね……？」

「誘拐だなんて人聞きが悪いな」

セオドアが一瞬眉をひそめた。

しかし、すぐさまにこやかな表情を取り戻す。

「フィオーラ、君は教団の人間にいいように丸め込まれているんだ。あのまま教団に居続けたら、力を一方的に利用されたに違いない」

「……そんなことは、ないと思います」

教団の人間全てが信用できるわけではないのは事実だが、フィオーラは頷くわけにはいかなかった。

「私が教団の方と行動を共にさせて頂いたのは、自分で決めたことです。無理強いされたわけでも、脅迫されたわけでもありません」

「全て君の意志だと？」

「はい。ですから――――」

私をこの部屋から出してください。

そう口にしようとしたフィオーラを、セオドアがぐいと抱き寄せた。

「セ、セオドア殿下？」

思いがけない行動につい反応が遅れ、抱きしめられてしまった。

密着する体温に嫌悪感を感じ、フィオーラは口を開いた。

「放してくださいっ‼」

「落ち着いて、フィオーラ。君が辛かったのは、よくわかっているんだ」

更に腕に力を込めるセオドアに、フィオーラは身を硬くするしかできなかった。

「君が教団の言いなりなのは、実家から逃れるためだろう。かわいそうなフィオーラ。今までずっと、必死に耐えていたんだろう？」

「セオドア殿下……」

困り果て、フィオーラはセオドアを見上げた。

彼の言葉通り、教団に身を寄せた理由の一つが、実家から離れるためなのは本当だ。

……しかし今は実家より、セオドアの抱擁から離れたいところだ。

顔を下げ唇を噛みしめると、セオドアの笑みの気配が伝わってきた。

「震えてしまってかわいそうに。そんなにも、実家での生活が辛かったんだね。でもこれからは大

丈夫だ。君は私の婚約者になり、ゆくゆくは王妃になるんだからな」

「……待ってください」

予想もしていなかったことの連続で忘れていたが、聞き流せない言葉だった。

「私が殿下の婚約者なんてありえません‼」

「君は次代の世界樹の主なんだろう？　格としては十分釣り合うはずだ」

「殿下、お願いですからお放しください。私はたまたま、世界樹の主になっただけの人間です。王妃が務まるわけもありませせ――――」

「遠慮なんて、私と君との間には不要だよ」

必死にフィオーラが訴えるも、セオドアは話を聞こうとしなかった。

甘く蕩けた、粘度のある視線をフィオーラにまとわりつかせてくる。

「それに、勘違いさせてしまったのなら謝ろう。君を婚約者にと望むのは、君が世界樹の主だからという理由ではないよ。思い出してくれればわかるはずだ。僕は昔からずっと、君には優しくしてきただろう？　それも全ては、君自身を愛らしいと思っていたからだよ」

セオドアの指が、フィオーラの頬をなぞっていく。

湧き上がる嫌悪感を押し止めながら、フィオーラは口を開いた。

「私は、殿下のご好意に相応しい人間ではありません。殿下はきっと、ミレア様たちに冷遇されていた私を哀れんだだけで――――」

「まだ信じられないかな？　『もう少ししたら、君をこの手で幸せにすると誓う』と、そう告げていたはずだ。君が伯爵家を出てしまいすれ違いになってしまったが、私は君を助け出すつもりだったんだよ」

「………」

記憶をたどると、確かにそのような言葉を聞いた気はした。

当時はミレアたちの仕打ちに疲弊していて頭が回らなかったが、求婚の言葉ともとれる発言だ。

「……殿下は、なぜそんなにも私のことを……？」

「君が他のくだらない女とは違う、特別な女性だからだ」

うっとりとした瞳が、フィオーラの顔を映していた。

「フィオーラ、君は見た目も心も美しい女性だ。あの頃は泥にまみれていたが、私だけはしっかりとわかっていたよ。下品な平民女とは違う気高さを持ち、計算高い貴族令嬢とは比べ物にならないほど純粋だ。家族への恨み言を吐くでもなく、一人耐えていた君はけなげで哀れで、そしてとても美しかったよ。そんな清らかな君を救い愛でるのに、私ほど相応しい人間はいないはずだ」

「………」

（完全に誤解よ……）

けなげなんかじゃない。絶望し、全てを諦めていただけだ。

「私は殿下のおっしゃるような、素晴らしい人間ではありません。ただ怯え縮こまっていただけです」

「ふふ、あくまで謙虚なんだな。でも、卑屈になるのも終わりだよ。私が愛してあげるから、君は幸せになれるんだ」

繰り返される愛の告白。

しかしフィオーラにとっては戸惑いと、拒絶感と怒りが増していくだけなのだった。

「セオドア殿下、どうか冷静になってください。私は殿下のご期待に添える人間ではありません。殿下にはきっと、私よりもずっと相応しいお方がいらっしゃるはずです。私には、一緒に居たいと思える大切な方々ができました。これ以上、その方たちに心配をかけないためにも、私は帰らせていただきた――――」

フィオーラの言葉が止まった。

唇へと押し当てられたセオドアの指に、背筋が粟立ち硬直してしまった。

「フィオーラ。君はやはり、かわいそうな女性だ。何もわかっていないんだね。教団の人間が君に優しくするのは、全て君を利用するためにすぎないんだ。世界樹の主の君には莫大な利用価値があるんだから、優しくするのは当然だろう？　騙されてしまっては駄目だよ」

「…………」

「あぁ、ごめんごめん。君を責めているわけではないんだ。ずっと不当に冷遇されてきたんだ。優しさに慣れていないのも当然で、騙されてしまった君は何も悪くないよ」

「……私は……」

フィオーラは首を振り、セオドアの唇を振り払った。

「どうしたんだいフィオーラ？　ようやく、私の忠告を理解できたのかな？」

「帰りを待っていてくれる方がいるんです。私と教団との関係が簡単なものではないとしても、彼らと協力すればきっと大丈夫なはずです」

なぜならばフィオーラは、アルムの主なのだ。

彼の主となったからには、これ以上心配をかけるわけにいかなかった。

教団の人々だって、それぞれに考えはあるのだろうが、ハルツやサイラスのように、フィオーラを案じてくれる人間だって確かにいたのだ。

セオドアの反応をうかがうと、柔らかな笑みを浮かべていた。

(っ……？)

腕に鳥肌が立つのがわかった。

セオドアは笑っている。

笑っているのだが、背筋を冷やす何かがにじみ出ているのだった。

「フィオーラ、君は疲れてしまっているんだ」

「殿下……？」

「教団の人間に毒されて、心が疲れてしまっているんだ。そんな状態では、正しい判断は下せないはずだ」

――だからこそ私が保護してあげないとな、と。

セオドアが、フィオーラの腰へと回した腕に力を込めたのだった。

「は、放してっ‼」

「駄目だよ。そうしたら君は、汚れた外へと逃げ出そうとするだろう？」

「…………っ……あっ……」

フィオーラの叫びは声にならず消えていく。

強く強く。

セオドアに抱きすくめられ、呼吸が出来なくなっていた。

「っあっ…………」

苦しい。息が出来なくて、苦しすぎて涙が滲んでしまった。

空気を求め喘いでも、胴体を締めあげられ肺が膨らまないのだ。

窒息し、視界が暗くなっていく。

（アルム…………）

かげりゆく意識。

頬を伝う涙の感触だけを鮮明に感じていたフィオーラだったが、

「つがはっ‼　はっ‼　っあっ、げほげほっ‼」

締め付けていた腕が解かれ、柔らかな衝撃とともに、勢いよく空気が流れ込んできた。

せき込みながらも、新鮮な空気を得ようと必死に息を吸い込んだ。

（……死んでしまうかとっ……‼）

ぜいぜいと喉を鳴らしながら、どうにかまぶたを持ちあげる。

掌に触れる柔らかな感触。体の下にあるシーツ。

どうやら、寝台へと投げ出されたようだった。

「っ、はあっ、はっ…………」

「君はそこでしばらく、体を休めているべきだ」

「っ、殿下っ？」

外界へとつながる唯一のドアの前に、セオドアが笑顔で立っていた。

「また君の元へ来るつもりだ。それまでに、心と体の疲れを癒やしておくといい」

「待ってっ‼」

フィオーラは必死に叫んでいた。

「なんだいフィオーラ？　この部屋から出してくれという願いは聞けないよ？」

「ノーラはどこにいるんですかっ⁉」

「ノーラ……？」

「私の実家に勤めていた侍女です‼　彼女は無事なんですよね⁉」

「……あぁ。あの平民の侍女のことか」

セオドアの笑みが一瞬歪んだ。

忌々しげに眉をしかめたようだった。

「あの侍女がどうかしたのか？」

「誘拐された時、ノーラを人質のようにして私は脅されたんです。彼女もこの建物のどこかにいるんですよね？」

「……そんなところだ。だが残念だが、会わせてあげることは出来ないな」

ねばついた視線をフィオーラに向けたまま、セオドアが扉の向こうへ足を踏み出した。

「君が私の求婚を受け入れるなら、あの平民を君の専属の侍女にしてやってもいいよ。私の婚約者に、ゆくゆくは王妃になるのだから、側付きの者も必要だからな」

「っ……‼」

そう言ってセオドアが部屋を出て、扉が閉じられてしまった。

「殿下……」

一人取り残されたフィオーラは、閉じられた扉を見つめるしかなかった。

呼吸を整え、震える足を叱咤する。

寝台を降り扉へと向かうが、当然ながら鍵がかけられてしまっていた。

「……」

ずるずると、扉に背中を預けて座り込む。

失望と焦り、そしてセオドアから解放された安堵が、フィオーラの中で渦巻いていたのだった。

(怖かった……)

呼吸を断たれ死へと滑り落ちていく感覚。

その最中にあってなお、セオドアは笑っていたのだった。

(セオドア殿下は……)

フィオーラを憎んでいるわけではないのだ。

一方的に愛の言葉を囁きながら、フィオーラを窒息する程に強く抱きしめてきたセオドア。

彼が空恐ろしく、同時に生理的な気持ち悪さを感じてしまっていた。

(私への愛を囁いていたけど、殿下は私自身のことは見ていない……)

セオドアが愛しているのは、彼の理想に当てはまるフィオーラでしかない。

フィオーラが理想から逸れようとすれば、全力で妨害してくるのだ。

セオドアは口調こそ優しげだが、フィオーラの意見などまるで聞いていなかった。

(……誘拐犯なんだから、それも当然よね……)

フィオーラは苦い笑みを浮かべるしかなかった。

話し合えば解放してもらえるかもなんて、ずいぶん甘い考えだった。
(セオドア殿下は、アルムとは正反対ね)
同じ人間でありながら、フィオーラの考えを聞く気などさらさらないセオドア。
感覚の違いに直面することはあれど、フィオーラや人間の話を聞いてくれるアルム。
そんなアルムを心配させてしまっている現状に、フィオーラは胸を軋ませた。
「……これから、私はどうすれば……」
窓のない部屋。
扉には鍵がかけられ、そもそもここがどこなのかもわからなかった。
王都から出てはいないと思うが、それすらも定かではないのだ。
アルムたちはフィオーラを探してくれているだろうが、いつ会えるかも不明だった。
(……もしアルムたちと合流できたところで、ノーラを人質に取られたら……)
光明の見えない状態に、フィオーラは唇を噛みしめたのだった。

セオドアがフィオーラに出会ったのは、今から三年前のことだった。
「生き返るようだな……」
木漏れ日を全身に浴び、セオドアは歩を進めていた。
従者兼護衛はいるが、邪魔にならないよう気配を殺してついてきている。

枝葉を茂らせた森の中を、セオドアは当てもなく歩き回った。

セオドアにとって久しぶりの、静かで穏やかな時間だ。

王太子であり、今年二十歳となったセオドアには、いくつもの縁談が持ち込まれていた。

王都に居ては煩わしいことばかりで、与えられた領地に避難しやっと一息ついたところだ。

（狩りでもするかと思ったが………）

なかなか上手くいかないものだ。

セオドアにとっての普段の狩りは、多くの従者と勢子を引き連れて行う大規模なものだった。

今は騒がしいのは避けたかったため、弓矢のみを背にぶらりと下げ、さまよっているところだ。

当然、そんないい加減な狩りでは獲物は見つからなかったが、別にそれでもかまわない。

セオドアには、心から欲しいと思えるほどの獲物がいなかった。

それは狩りに限らず、王太子としてのやりがいや、女性への情熱という点でも同じだった。

王太子であるセオドアに秋波を送る女性は多かったが、所詮は王太子という肩書に引き寄せられただけの女だ。

いかに自分が美しく優れているか、王太子妃として相応しいかを主張してくる女たちに、セオドアは嫌気がさしていたのだった。

（つまらないな……）

王太子としての義務も同じだ。

強大な政敵はおらず命の危機はなかったが、王太子とはとかくしがらみが多い身分だ。

笑みを作り嘘を交え、思いもしない言葉を吐き出し日々を過ごす。

政治に興味の薄いセオドアにとっての毎日は、ゆっくりと狭まる檻の中に閉じ込められたように窮屈なものだった。

セオドアは、そんな偽りと打算にまみれた生活に嫌気がさし、森へと逃げ込んだのだ。

目的地のない歩行、到底狩りとは呼べない道行は、やがて開けた場所へと行き当たる。

木立は切れ、二階建ての立派な屋敷の屋根が見えてきた。

「あれはもしや、リスティス伯爵家の邸宅か……？」

セオドアが歩いていた森は、王太子領と伯爵領の境界線にまたがっていた。

歩き回っているうち、いつの間にか伯爵領に来てしまったようだ。

伯爵に出会ってしまったら面倒だ。

そう思い、踵を返そうとしたセオドアだったが、

「――どなたですか？」

澄んだ声が、セオドアの背中にかけられた。

声の高さからして少女のもの。

億劫に思いながらも、セオドアはゆっくりと振り返った。

目の前に、ほつれの目立つドレスをまとった少女がいた。

大きな瞳は空の色を映したようで、セオドアへと静かに据えられている。

「……君は……」

（美しいな……）

髪は傷み服装も質素だが、セオドアにすり寄ってくる女にはない、清らかな美しさがあった。

化粧（けしょう）の一つもしておらず華（はな）やかさには程遠いが、着飾（きかざ）った美女に辟易（へきえき）していたセオドアの心を、少女は一瞬で虜（とりこ）にしてしまったのだ。

その少女はフィオーラと名乗った。

品があり、平民とはとても思えなかったが、貴族令嬢らしい高慢（こうまん）さとも無縁（むえん）の少女だった。生気に乏（とぼ）しい印象だったが、話してみると受け答えはしっかりしていて、頭の回転も悪くないのがわかった。

（フィオーラといると不思議と落ち着くな……）

出会って以降、セオドアは折を見てフィオーラの元を訪（おとず）れるようになっていた。

出会えたり出会えなかったりだったが、それが逆に新鮮で面白（おもしろ）い。

セオドアの話を穏やかに聞いてくれるフィオーラは、セオドアにとって癒やしとなっていた。

王太子という身分を告げることなく、気まぐれにフィオーラの元を訪れるうち、いつしかセオドアはフィオーラを手に入れたいと思うようになっていた。

空色の瞳も、薄茶色（うすちゃいろ）の髪も、細い首も唇も。

フィオーラの全てを欲（ほっ）するようになっていた。

彼女は家族に冷遇されているようで、その表情はいつも冴（さ）えないものだ。

そんな憂（うれ）いがかった表情でさえフィオーラは愛らしく、セオドアの胸をときめかせたのだった。

（彼女のことは、私が救ってやらないとな）

美しく儚（はかな）げなフィオーラ。

実家から救い出せばきっと、フィオーラはその身ごと全てを差し出してくれるはずだ。

フィオーラと結ばれる日を思い、セオドアは着々と工作を続けた。

父王である国王を説得し、ようやく迎えにいこうとした矢先に、フィオーラは教団に連れ去られてしまったのだった。

「やはりフィオーラには、私がついていないと駄目なようだな」

フィオーラを閉じ込めた後、セオドアは自室で一人呟いた。

伯爵邸を訪れ、フィオーラの不在を知った時は、足元が崩れるようだった。

義母のリムエラから行方を聞き出し、教団に探りを入れてみたら驚きだ。

(まさかフィオーラが、世界樹の主に選ばれていたとは……)

予想だにしない事態だが、考えてみれば当然なのかもしれなかった。

フィオーラはなんといっても、自分が選んだ少女なのだ。

彼女が世界樹の主となったのは、王太子妃となるためにおぜん立てされたようなものだった。

(さすがは、私が恋した少女だ……)

自身の見る目の確かさに、セオドアは一人頷いていた。

フィオーラは今はまだ、教団に騙されているようだが、しばらく休めば本来の彼女を取り戻し、セオドアの思いを受け入れるに違いない。

ならば、セオドアがやるべきことはただ一つ。

フィオーラを汚そうとする外部の人間から遮断し、目を覚ますのを待つだけだった。

「待ち遠しいな……」

フィオーラの空色の瞳が自分への感謝で潤む日を、セオドアは待ち望んでいるのだった。

「今日でもう四日目………」

食事の盛られた陶器の皿を前に、フィオーラは一人呟いた。

セオドアに捕らえられて以降、一歩たりとも外に出ることは出来なくなっている。

日に三度、食事が出されるおかげでおおよその日付は把握できたが、窓のない部屋では日の高さもわからない。

給仕に現れる侍女には、いつも屈強な男性が付いていて、隙を見て逃げ出すことも無理そうだ。

フィオーラは食事を無駄にしないよう食べきると、長椅子へと近寄った。

猫脚の長椅子は、よく見ると脚の先端部が少し歪で、まるで爪を伸ばした猫の足のようになっている。

「《かつて緑でありしものよ、つかの間息吹を吹き返せ》」

しゃがみこみ猫脚に触れ、そっと樹歌を唱えた。

しかし、猫脚の輪郭がわずかに揺らぎ、爪が伸びるように表面が盛り上がるだけだった。

（やっぱり、ほんの少ししか変わりませんね……）

少しだけ爪が長くなった猫脚を前に、フィオーラは肩を落とした。

アルムから教えられた樹歌には、地面から植物を生やすものの他に、その場にある植物に働きかけるものもあるのだ。

幹を伸ばした樹木、小さな花をつけた野草。

それに加え、木材や切り花といった植物を元にした物に対しても、樹歌は有効だった。花瓶(かびん)に生けられたばかりの花であれば、葉を伸ばすことも可能だ。

（花瓶や鉢植(はちう)えでもあれば良かったのに……）

部屋の中にある、植物由来のめぼしいものは、家具に使われた木材くらいだった。

王太子が用意した部屋だけあり、家具も年季が入った上等なもののようで、様々な加工が施(ほどこ)されているのだ。

樹木であった時から時間が経ちすぎ、性質も変わってしまったせいか、樹歌の効きがとても悪かった。

樹歌を覚えたばかりの今のフィオーラでは、小さく木材の形を変える程度で精一杯(せいいっぱい)だ。

（……少しずつ、効き目は強くなっているけど……）

フィオーラは食事の後毎回、樹歌の効果を確かめていた。

ほんの僅(わず)かずつではあるが、樹歌の及(およ)ぼす変化は大きくなってきている。

（家具に使われている木材ごとに、樹歌の効きやすさが違うのもわかってきた……）

一番相性(あいしょう)がいいのが長椅子の猫脚部分。

反対に、化粧台の天板部分の木材は樹歌の効果が小さかった。

何度か繰り返し実験するうちに、その物品にどれくらい樹歌か効きやすいのかどうか感じる、新たな感覚がフィオーラにも育ってきているのだった。

このまま樹歌の練習を続ければ、いずれは家具だって自由に変形させることができるかもしれない。とはいえ、それがいつになるかはわからないし、それまでセオドアが黙っていることもないはずだ。

（それに、ノーラのことも心配よ……）

フィオーラは唇を噛みしめる。

セオドアは直接脅しつけてこそこなかったが、ノーラを人質同然に扱っているのは明らかだ。

ノーラの安全を確保できるまで、逃げることすら難しくなるのだった。

（でも、もしかしたら――）

ノーラのことはどうにかなるかもしれないと、フィオーラが考えを巡らせていたところで、

「フィオーラ、起きているだろう？」

扉が叩かれ、セオドアが顔を出した。

窒息の恐怖が蘇り、反射的に身がすくんでしまった。

「……何でしょうか？」

声を震えさせながらも、フィオーラはなんとか返事をした。

セオドアなど招き入れたくなどなかったが、こちらの命運を握られている以上、フィオーラに選択肢はなかった。

「フィオーラは今日も可愛らしいね」

部屋に入ってくるなり、セオドアはフィオーラを抱きしめた。

フィオーラは逃げ出すことも出来ず、ひきつりそうな顔をそむける。

「ははっ、そんなに恥ずかしがらなくても大丈夫だよ。毎日君には会いに来ているだろう？　照れる君も可愛いけど、そろそろ慣れてくれてもいいんじゃないかな？」

髪を撫でる手を振り払いたくて。

でも、下手にセオドアの機嫌を損ねないよう、心を押し殺し耐えるしかないのだった。

「セオドア殿下は、お忙しい身の上のはずです。こんなところにいらして大丈夫なのですか……？」

「私の身を気遣ってくれるのか。君は本当に優しい女性だな」

「………」

「照れないでくれ。今日は君に、会わせたいと思う人がいるんだ」

「私に会わせたい人……？」

ノーラだろうか？

それとも、アルムやハルツたちがこの場所を突き止め、助けに来てくれたのだろうか？

一縷の希望を抱き、フィオーラは扉を見つめた。

「フィオーラ、久しぶりだな」

「……お父様？」

現れたのは、思いがけない人物だった。

「お父様が、なぜここに……？」

「水臭いことを言うな。父として、おまえが王太子妃に選ばれたのを祝福しにきたんだ」

「……っ!!」

違う。違います。

私は王太子妃の座なんて望んでいません。

セオドアに気づかれないよう、父に無言で訴えかける。

「どうしたのだ？　まさか殿下の求婚をお断りしようなどと考えてはいないだろう？」

「……」

フィオーラにはわかってしまった。

父グリシダは決して、フィオーラのことを心配しているのではない。

その証拠に媚びるような笑みを、セオドアへと浮かべていた。

「フィオーラ、おまえはとても幸運だ。王太子妃となれば、栄華栄達も思いのまま。さすがは私の自慢の娘だな!!」

「……お父様は、反対なさらないんですね？」

「当たり前だろう？　おまえも伯爵家の娘なら、謹んで殿下の寵愛をお受けするべきだ。それこそが、一番おまえが幸せになれる道だからな」

「私の幸せ……」

フィオーラはぽつりと呟いた。

父に直接言葉をかけられたのは久しぶりだ。

……なのに今は、ただ乾いた心のひびが、深くなるように感じられるだけだった。

「フィオーラ、これで君もわかっただろう？　私の婚約者になることは、君の父上だって認めているんだ。婚約者のお披露目だって盛大にするよう準備を進めているんだ。あとは君が、迷いを捨てるだけだよ」

「……そんなことまで、なさっていたのですね」

着々と埋められていく外堀。

底なし沼に足を取られたような思いだ。フィオーラ一人が拒絶し続けても、このままでは無理やり婚約者にされてしまいそうだった。

「フィオーラ、どうしたんだい？　まだ何か気になることがあるのか？」

「……………ノーラに会わせてください」

「また平民の侍女の話かい？」

一瞬、セオドアはうんざりしたような、苛立ったような表情を見せた。

「彼女に会いたいなら、私の婚約者になった後にいくらだって会わせてあげるよ」

「それでは、手遅れになってしまうかもしれません」

「手遅れだと？」

不穏な単語にセオドアの笑みが曇った。

「どういうことだ？」

「ノーラは今、セオドア殿下の保護の元にいるのですよね？」

「あぁ、そうだが、それがどうかしたのか？」

セオドアの反応をうかがいつつ、フィオーラは一つの疑いを確かめることにした。

「ノーラに持病があることは知っていますか？」

「持病だと？」

「胃の病です。定期的に薬を飲まないと、吐血して弱ってしまうのです」

「そんな持病が……」

「そのご様子ですとやはり、ご存じなかったんですね」

「……あぁ、そうだ。持病については確認していなかったよ」

誤魔化すように笑うセオドア。

だが、彼がノーラの持病を知らないのも当然のことのはずだ。

（ノーラには本当は、持病なんてありませんからね……）

すべてはでっちあげ。

ノーラの無事を確認するためのはったりだ。

「ノーラは気が弱いところがあるので、体調が悪いことを隠していたのかもしれません。胃を悪くしていないか、一度彼女に会って確認させてもらえませんか？」

「その必要はないよ。こちらで、薬を用意させておこう」

「……そうですか」

残念そうな表情を浮かべながらも、フィオーラは冷静に考えをまとめていた。

（殿下はやはり、嘘をついているわ……）

本当にノーラを捕らえているのなら、人質として利用できるよう健康状態くらいは確認しているはず。当然、持病などないと分かるはずなのに、セオドアはフィオーラの嘘に騙されていた。

（ならば殿下はおそらく、ノーラを捕まえられていないはず）

フィオーラがセオドアの配下から見せられたのは、ノーラの普段使いしていたリボンだけ。

髪をくくるリボンは、同じ布から作った何本かを使い回ししていると、ノーラから聞いたことがあった。

ノーラが身に着けていたリボン以外にも、同じ布のものが伯爵邸の侍女部屋に置いてあるはずだ。伯爵邸の主である父がセオドアの側についたなら、そのリボンを持ち出し、フィオーラへの脅しに利用するくらいは可能なはずだった。

（でも、殿下たちが手に入れることが出来たのはリボンだけだったんです……）

今、ノーラ本人がどこにいるかまではわからないが、セオドアに捕らえられてはいないはず。

ここ数日抱いていた疑いが、セオドアとのやり取りで確信へと変わったのだった。

そうなればあとは、フィオーラ自身が逃げ出すだけだった。

（アルムたちだってきっと、じきにこの場所にたどり着いてくれるはずよ）

あるいはもう、この建物にフィオーラが監禁されていると、気づいているのかもしれなかった。

目星はついていても、フィオーラが建物のどこにいるのか、詳細な情報がなく動けないのかもしれない。アルムの力は強力だが、その余波で建物が崩れ、フィオーラを危険に晒すかもしれないからだ。

……だからあと、ほんの少しでいい。

セオドアたちの隙をついて、外部と連絡を取ることが出来れば。

この状況を好転できるはずだった。

「フィオーラ、何を考え込んでいるんだい？」

セオドアが目ざとく聞いてくる。

抱きしめられたままで鳥肌が立っていたが、フィオーラは自分を落ち着かせ答えた。

「……なんでもありません。しばらく外に出ていないので、空を見たいなと思ったんです」

「ふふ、可愛らしい願い事だね。その願いならきっと、今日にでも叶うはずさ」

「……どういうことでしょうか？」

「君にもう一人、会わせたい相手がいるんだ。……入ってこい。その男を部屋に連れてくるんだ」

はたして、そこに現れたのは、

「……ヘンリー様……？」

フィオーラの元婚約者……らしき青年だ。

服は乱れ、頬は殴られたかのように腫れあがっている。

変わり果てた姿に一瞬誰かわからなかったが、ヘンリーのようだった。

「ヘンリー様が何故ここに……？　それにそのお怪我は？」

「……その声……フィオーラ……？」

ゆるゆると、ヘンリーの頭が持ち上げられる。

フィオーラの顔を認め、はっとしたように目を開くヘンリーだったが、それ以上動くことは出来ないようだ。

両腕は背後で縛められ、その縄は屈強な兵隊に握られていた。

「つ？　何があったのですか？　これではまるで、ヘンリー様が罪人みたいです」

「彼は罪人だよ。平民の身で王太子である私の周りをうろつき、噛みつこうとしたのだからね」

ヘンリーを見るセオドアの瞳は冷たい。

虫相手に向ける視線そのものの、感情の抜け落ちた眼差しだ。

「ヘンリー様が、セオドア殿下に敵対した……？」

「あぁそうさ。フィオーラと私の婚約を妨害しようと、身の程知らずにも蠢いていたところを、先ほどようやく捕らえたところだよ」

ヘンリーはなぜ、そんなことを？

フィオーラとの婚約を破棄したのはヘンリーだ。

なのになぜ今になって、セオドアの婚約に口を挟もうとしたのだろうか？

「フィオーラが悩む必要は何もないよ。これでもう、君が婚約にためらう理由は何もなくなっただろう？」

セオドアが笑みを深めた。

「フィオーラ、君が私との婚約に首を振らなかったのは、この男の存在があったからだろう？　この男はまがりなりにも、一度は君の婚約者だったんだ。優しい君は、私と新たに婚約を結ぶことを、かつての婚約者を裏切るようで決断できなかったんだろう？」

「ちがいま――」

「でも大丈夫だ。不敬罪により近く処刑されるであろう男に対して、君がこれ以上思い悩む必要もなくな――」

「処刑っ⁉」

フィオーラは思わず叫び、セオドアの腕を振り払った。

ヘンリーへと駆け寄り問いかける。

「どうして？　もう私は、ヘンリー様の婚約者でもない他人なのにどうしてそんなことを？　今からでも、これ以上私に関(かか)わらないと誓えば、処刑は避けられるかも――」

「……君は優しいな……」

ヘンリーの声は、痛々しくかすれきっている。

「殿下に脅されていたからとはいえ……婚約破棄を叩きつけた俺(おれ)を気遣ってくれるなんてな……」

「……え？」

思いがけない告白に、フィオーラは息を呑(の)んで振り返る。

背後に佇(たたず)むセオドアは、いつも通りの笑みを浮かべていた。

「セオドア殿下……。ヘンリー様の言葉は本当なのですか……？」

「脅したなんて言われるのは心外だよ」

「……私とヘンリー様の婚約破棄に関わっていたのですか？」

「たかが平民のこの男が、君を手に入れるなんて許されるわけがないだろう？　当たり前の道理を、この男とご両親に聞かせてやっただけさ」

「……っ‼」

金槌(かなづち)で頭を殴られたような衝撃に、フィオーラは掌を強く握り込んでいた。

（まさか、あの婚約破棄にそんな事情がっ……？）

ヘンリーが婚約破棄を突き付けてきたのは、義母リムエラたちの嫌(いや)がらせを厭(いと)ってのものだと思っていたが違ったのだ。

　王太子であるセオドアの不興を買っては、裕福とはいえ平民のヘンリーや、その家族もただではすまないのは目に見えている。

　ヘンリーは家族を守るために、フィオーラとの婚約を破棄するしかなかったのだ。

　婚約破棄の真相を知り、フィオーラはヘンリーを見つめた。

「ヘンリー様は、セオドア殿下を恐れ婚約を破棄したことを、気に病んでいらしたのですか……？」

「……今更、謝っても遅いのはわかっているよ。王太子である殿下と結ばれるのなら、君は幸せになれると思って身を引いたんだが……。まさか殿下がこんな、汚いことをするなんて……」

「……だからって、どうしてここまでして私のことを助けようと……？」

「身勝手な贖罪さ。それに俺は君のことを――ぐっ？」

　ヘンリーが叫び転倒する。

　セオドアに強烈な足蹴りを食らっていた。

「フィオーラの同情にすがるな。見苦しいぞ」

　うめき声をあげるヘンリーを見下ろすセオドアが、ぐるりと首を回しフィオーラを見つめた。

「フィオーラ、これでわかっただろう？　こんな弱い男を、君が気にかけてやる必要はないんだ。数日後には、処刑台の露と消えている男だからな」

　セオドアは笑っているが、瞳には危うい光がちらついている。

　彼を逆上させないよう気を付けながら、フィオーラは言葉を絞り出す。

「……ヘンリー様は、私に兄のように優しくしてくれた方でした」

「だから、処刑は受け入れられないと？　残念ながら一度決めた刑罰を、簡単には覆せないものさ。王族か、それに準じる地位の人間の反対でもなければ、この男の処刑は不可避の未来だからね」

「…………」

フィオーラは掌に爪を食い込ませる。

（ヘンリー様を助けたいなら、殿下の婚約を受けろということね……）

だからこそわざわざ、人質として使うためヘンリーをここへ連れてきたのだ。

（私はどうすれば……）

セオドアの婚約者になると誓う？

そんなことはできないが、フィオーラが婚約を受け入れなければ、間違いなくヘンリーは処刑されるはずだ。

八方ふさがりの状況に固まるフィオーラの耳に、小さなうめき声が届いた。

「俺のことは……気にするな…………君は殿下から逃げ――――がっ？」

「っ？」

見せつけるように、セオドアがヘンリーを蹴りつける。

地面を転がるヘンリーの上着がずり落ち、懐から紙片が舞い落ちた。

「あれは……」

細長い、手のひらの長さほどの紙片だ。

少し黄ばんだそれは、フィオーラには見覚えのあるものだった。

（私が昔、ヘンリー様に差し上げた栞……!!）

ヘンリーから贈られた花のお礼にと、手作りで仕上げた栞だ。

冷遇され、自由になるお金もないフィオーラが贈った、唯一のものと言っていい栞。

今思えば、お礼の品というのもおこがましい質素なものだが、ヘンリーは大切に持っていてくれたようだ。

「フィオーラっ⁉」

伸びてくるセオドアの手をすり避け、フィオーラは勢いよくしゃがみこむ。

目標は絨毯の上の栞だ。

指が触れた瞬間、フィオーラに一つの確信が生まれる。

(やっぱり‼　これなら樹歌に反応するはず‼)

栞には、葉と花が貼り付けられていた。

押し花にして貼ってある飾り付け。

伯爵邸の庭先に咲いていた花と。

そして葉は、若木の姿だった時のアルムのものだった。

(私はアルムの主だから、アルムの葉とは相性がいいはず……‼)

フィオーラの樹歌は対象によって効き目に違いがあり、その相性もぼんやりと分かるようになっていた。

この栞に使われている葉はきっと、フィオーラの樹歌に強く応えてくれるはずだ。

「フィオーラ、しゃがみこんで何をしているんだ？」

「っ……？」

必死でセオドアの手から逃れながら、フィオーラは唇を開いた。

「《かつて緑でありしものよ、つかの間息吹を吹き返せ‼》」

樹歌とともに、栞の表面が波打った。

ほとばしりあふれかえる緑。

そうとしか形容できない勢いで、栞の葉から枝葉が生まれ伸びあがっていく。

揺れる葉は緑で、天へと伸びあがる幹は銀色。アルムの色彩と同じ色合いの樹木が、天井さえ突き破り育っていった。

「な、これはっ⁉」

セオドアが狼狽している。

樹歌によって生まれた樹木は、フィオーラの思いを受けさらに大きくなっていく。

フィオーラとヘンリーをセオドアたちから引き離すように、部屋いっぱいに枝葉が張りめぐらされていた。

（でも、これだけじゃいずれっ……‼）

セオドアに仕える兵士が、張り巡らされた枝葉を必死に切り裂いていた。

このままじっとしては、すぐにこちらにたどり着かれてしまうはず。

どこに逃げるべきかと首を巡らせ――――

「フィオーラっ‼」

強く名を呼ぶ声が聞こえた。

「アルムっ‼　私はここです‼」

気づけばフィオーラも叫び返していた。

会いたかった。

待っていた。

ずっとずっと、聞きたかった声だった。

「フィオーラっ‼」

扉が吹き飛び、生い茂った枝が道を開ける。

「アル────っ‼」

駆け寄ってきたアルムに、きつくきつく抱き寄せられる。

力が強すぎて痛いほどだが、それは心地よい痛みだ。

安堵と喜び、そして申し訳なさを感じながら、フィオーラはアルムに抱きしめられていた。

「フィオーラ無事かいっ？」

「……私は大丈夫です。心配をかけてしまいすみません」

「謝るのは僕の方だ。この建物を突き止めていたくせに、どこにいるのか分からず君を待たせてしまったんだ」

アルムが天井を突き破る樹木を見つめた。

「この木のおかげ、君が建物のどこにいるかわかったんだ。こうして無事、君と合流できたんだから────」

この先は容赦する必要はないね、と。

アルムがセオドアたちを睨みつけたのだった。

6章　空飛ぶハンカチと一緒に

「フィオーラを巻き込んでしまうから、力を振るうのを我慢していたけど……」

この先は容赦する必要はないね、と。

アルムの瞳がセオドアたちを映していた。

「貴様、何者だ……？」

セオドアの声が、険を孕んで低くなる。

人間離れした美貌のアルムに見据えられてなお、怯むこともなく言い返してくるセオドアは、さすがは王太子といったところかもしれない。

「フィオーラに汚い手で触れるな。彼女は私の妃になる女性だ」

「……あいつの伴侶になるつもりかい？」

「そんなことありえません」

フィオーラが首を横に振ると、アルムのまとう空気が安心したように緩んだ。

セオドアからフィオーラを庇う位置へと、アルムが前に出て口を開いた。

「君にも、フィオーラの返答は聞こえただろう？　さっさと引き下がってくれないかな？」

「黙れっ………‼」

セオドアの顔から、笑みの仮面がはがれ落ちる。

憎悪と嫉妬を噴出させ、アルムへと濁った瞳を向けていた。

「貴様がフィオーラを騙し込んだ張本人、汚らわしい教団の回し者かっ‼」

「ふざけたことを言ってくれるね？　僕は世界樹で、フィオーラは僕の主だよ」

「……やはり貴様がっ……‼」

セオドアがアルムに吠えたてる。

「調子に乗るなよ‼　神だ世界樹だと崇められようと、本性は人間未満の植物だ‼　大地なき建築物の中では無力な草切れでしかない‼」

セオドアが、背後の兵へと命令を下した。

「行けっ‼　剣で樹木を斬りはらえ‼　世界樹とやらに人間の力を刻み付けてやれっ‼」

「ですが、殿下……」

兵隊たちは、戸惑うようにアルムとセオドアを交互に見た。

王太子の命令とはいえ、世界樹であるアルムに剣を向けるのは、さすがに抵抗があるようだ。

「行けと言ったのが聞こえなかったのか？　あいつはフィオーラを、この国の未来の妃を奪おうとしてるんだ‼　今フィオーラを助け出せば勲章も褒賞も望むままだぞ⁉」

「…………‼」

セオドアの発破に、兵士たちの心の天秤が傾いたようだ。

手に手に剣と槍を構え、じりじりとフィオーラたちへにじり寄ってくる。

「アルム、どうしましょう⁉」

フィオーラは周囲を見回した。

目の前の兵士たちだけではなく、扉の向こうからも、異変を察した兵士たちが駆けつけてきた。栞から発生させた樹木を操るだけでは、対処が追いつかなくなりそうだ。手数を増やそうにも、地面や植物のない部屋の中なので、フィオーラでは手詰まりなのだった。

「心配ないよ。……容赦するつもりはないって、さっきそう言っただろう？」

アルムはフィオーラを抱き寄せると、静かに形良い唇を開いた。

流れ出す、美しく不思議な響きを持つ旋律。

奏でられる樹歌の意味をフィオーラが追っていると、足元に震動を感じた。

最初は気のせいとも思えた揺れは、瞬く間に大きく早くなっていく。

「なんだっ⁉」

「ひいいっ⁉」

狼狽え叫ぶ兵士たち。

彼らをしかりつけようとしたセオドアが膝をつく。

強まっていく震動に立っていられず、転んでしまったようだった。

「世界樹っ‼　これは貴様の仕業かっ⁉」

フィオーラへの執着を原動力に、揺れの中を這うように近づいてくるセオドアだったが、

「ぐあぁっ⁉」

突如目の前の床が盛り上がり、勢いよく弾き飛ばされた。

壁へと叩きつけられたセオドアが、呆然と紫の目を見開いている。

「馬鹿なっ………!?」

セオドアを弾き飛ばしたのは、緑の葉を茂らせた太い枝だった。

床を割って這い出してきた枝を、セオドアは信じられない思いで見ていた。

「ありえない……。この建物の床は全面、石で作られているんだぞ!?」

「――――それがどうしたっていうんだい？」

アルムが冷ややかな目でセオドアを見下ろした。

「大地がなければ生きていけないのは、君たち人間だって同じはずだろう？　どれほど石を積み天へと塔を打ち立てようと、その下にあるのは地面なんだ。わずかでも土くれがあれば植物は芽吹くもの。地面を覆う建物がどれほど堅牢だろうと関係ないよ」

こんな風にね、と。

アルムが口にし樹歌を唱えると、石でできた床に無数のひび割れが走った。

その割れ目からいくつもの枝が伸びあがり、勢いよく壁にぶち当たり崩していく。

崩落した壁の向こうに外の風景が覗くが、フィオーラは驚くべきことに気づいた。

(景色が下に……地面が遠ざかって……？)

揺れが一段と大きくなり、壁の向こうの景色が下へ下へと流れ去っていく。

未知の感覚に怯えるセオドアたちに構うことなく、アルムはフィオーラを抱き寄せた。

「僕から離れないで。落ちたら危ないからね」

「アルム、いったい何を……？」

「君を捕らえた罪人が逃げないよう、檻が必要だろう？」

「檻……」

気づけばフィオーラは、アルムとともに太い枝の上に立っていた。

枝は天井を突き抜け屋根を超え、フィオーラたちを安全な空中に押し上げていた。

今やフィオーラの頭上には、建物を突き抜け枝葉を広げた大樹があり。

そして眼下には、幹に貫かれ持ち上げられた、石造りの屋敷が宙に磔にされていたのだった。

(確かにこれでは、誰も逃げられませんね……)

地面との距離にくらりとしながら、フィオーラは足元を見下ろした。

アルムの樹歌によって育った大樹により、屋敷は地面からはがされ強引に持ち上げられている。

傾き原形をとどめない床と建物に、セオドアたちが茫然としているのが見えた。

下手に動けば地面へと真っ逆さまの状況だ。

セオドアたち罪人は、空中の牢獄に捕らえられていたのだった。

(高い……)

地面は遠く、立ち並ぶ家は小人の家のように小さかった。

初めて見る景色。空ゆく鳥のみが見ることのできる光景だ。

人間であるフィオーラにとっては刺激が強すぎ、意識が遠のくようだった。

「フィオーラ?」

アルムの声に意識が引き戻される。

気づけばフィオーラは、アルムに強くしがみついていた。

「ご、ごめんなさい‼」

しがみついたアルムの服に皺が寄っていた。

手を放そうとするフィオーラだったが、上手く指が動かなかった。

「そのままで大丈夫だよ。高い場所が怖いのは、人間の本能だからね」

「ごめんなさい……。アルムは怖くないの？」

「清々しいくらいだよ。この高さなら、日の光を遮るものは何もないからね」

降り注ぐ陽光を楽しむように、アルムが若葉色の瞳を細めていた。

強がりではなさそうだ。

天高く伸びる世界樹そのものである彼からしたら、この程度の高さを恐れはしないようだった。

そんなアルムに触れていると、フィオーラの恐怖も落ち着いていく。大樹の幹に背中を預けているような安心感だった。

（でも、そうすると今度は……）

アルムと密着した体勢に、フィオーラの頬が赤くなる。

恐怖から恥ずかしさへ。早鐘を打つ鼓動の理由が、甘いものへと変わっていた。

動揺を誤魔化すように、周りの状況を確認することにする。

屋敷の下から伸びあがった大樹。

太い幹は屋敷を持ち上げ貫き、フィオーラたちはその先端部の枝に立っていた。

半壊状態の屋敷の中では、兵士たちが青い顔で震えているのが見える。

「危ないっ‼」

頭を抱えた兵士の足元で、床にひび割れが走っていく。

亀裂は瞬く間に大きくなり、床が壊れ抜け落ちた。

「うわぁぁ――――っ⁉」

絶叫をあげ、兵士の体ごと床が落下していく。

間違いなく命はない高さだったが――――

「えっ⁉」

フィオーラは目を疑った。

兵士の体が浮いている。

見えざる腕で支えられているようだ。

兵士本人も何が起こったのかわからないようで、ぽかんと口を開け固まっていた。

「きゅいっ？」

愛らしい鳴き声が、眼下から小さく聞こえてきた。

イタチの姿の精霊、イズーだ。

淡く光を宿した両腕を上へ、兵士へと向けていた。

イズーは風を操る力を持っている。

兵士の体を風で受け止め、助けてくれたようだった。

「イズー‼　ありがとうございますっ‼」

「きゅあっふーっ‼」

どんなもんだい。

そう言いたげに、イズーが小さな胸を張った。

「おわわっ？」

すると風の制御が甘くなったようで、兵士の体が落ちていく。

慌てたフィオーラだったが、兵士の下に滑り込む影がある。

白い毛玉――――ではなく、白い巻き毛に覆われた羊だ。

フィオーラからは毛糸玉のようにしか見えない羊は、イズーと同じ精霊樹から生まれた精霊の一体だった。

「良かった……」

受け止められた兵士に怪我はないようだ。

不思議そうな顔をした兵士は、もこもことした羊毛に半ばまで埋まっている。

そんな兵士と羊型精霊の周りには、何体もの見覚えのある姿。

精霊樹から生まれた獣型の精霊たちが、この場に揃っているようだ。

「フィオーラのために、集まって来てくれたみたいだ」

「……心配をかけてしまったみたいね。無事帰ったら、精霊たちにもお礼をしなくちゃ」

精霊たちはフィオーラを見上げ嬉しそうにしながらも、周囲の様子に目を光らせている。

上空の屋敷から落ちてくる人間を見つけると、素早く精霊たちが動き出す。

イズーが風で落下の速度を緩め、下で毛皮自慢の精霊たちが受け止める。

精霊たちの尽力のおかげで、死者は出ていないようだった。

「もふもふ救助隊……」

助けられた兵士たちのうち何人かが、イズーたち精霊に歓声を送っていた。

（……人間が精霊を敬うようになる瞬間。今私は、その現場を見ているのかも……）

和むべきなのか、それとも感動するべきなのか。判断のつかない不思議な光景だ。

空中の屋敷は崩落が進み、精霊に助けられる兵士たちの数も増えていく。

フィオーラはそんな兵士たちの中に、セオドアの姿が見当たらないのに気が付いた。

「セオドア殿下は、まだ空中の屋敷の中に……？」

「あいつならあそこだよ」

アルムが、崩れゆく屋敷の屋根のあたりに視線を向ける。

「あれは……」

巨大な蔓の塊だ。

歪な緑の球体から、人間の腕らしきものが飛び出していた。

「あいつ、こんな状況でも剣を手にしてフィオーラに近づこうとしてきたからね。とりあえず動けないようにしておいたんだ」

アルムの視線は冷ややかだ。

今すぐセオドアを始末したいとばかりに、冷え切った目で見下ろしている。

「……ありがとうございます」

セオドアの手から守ってくれたこと。

そしてアルムが、怒りに任せセオドアの命を奪わなかったことへの感謝だ。

王太子であるセオドアを殺せば、王や国を敵に回すことになってしまう。

アルムならば、国と争っても負けないのかもしれないが、フィオーラに国を丸ごと敵に回す覚悟はなかった。

　フィオーラが一安心していると、幹を伝って、イズーが駆けあがってくるのが見えた。

「イズー、お疲れ様。ありがとうございました‼」

「ききゅいっ？」

　もふもふ救助隊、一番の功労者はイズーだ。

　感謝と労りの気持ちを込め、丸い頭を撫でまわしていると、右腕に小さな紙が縛り付けられていることに気が付いた。

「これは……ハルツ様から……？」

　広げると、手のひらほどの大きさの紙片だ。

　ハルツの名で、『下は安全ですので、下りてきても大丈夫です』と伝言が記されていた。

　足元の枝越しに、ハルツがこちらを見上げているのが見えた。

　フィオーラたちの無事を喜んでいるようだ。

「地上は安全みたいだし、一緒に戻りましょう。……セオドア殿下だけを置き去りにもできませんし、殿下も下ろしてもらえますか？」

「あいつをかい？　あんな奴は放っておけばいいよ」

「あんな方でも、この国の王太子です。樹上に放置して、万が一落ちてしまったら大変ですから、お願いします」

「……分かった。でも下ろす前に、あいつと少し話がしたいんだ」

　フィオーラは頷いた。

セオドアもそろそろ、少しは頭が冷えた頃だと思いたい。

これ以上フィオーラに執着しないように、説得してみるべきだ。

アルムが幹へと掌をあて口を開いた。

樹歌の響きの後、枝が人間の手足のようにたわみ動き、セオドアを蔓ごと巻きとり連れてくる。

蔓の一部がほどけ、セオドアの金の頭が出てきた。

「っ、はっ……。これは一体っ……？」

首より上の自由を取り戻したセオドアが、せき込みながら周囲を見回す。

さまよう紫の瞳がフィオーラを捉え甘く潤み。

ついで、フィオーラを抱き寄せるアルムの姿に吊り上がる。

「貴様この化け物っ‼　フィオーラから汚い手を放せっ‼」

「セオドア殿下、落ち着いて下さい。アルムは化け物なんかじゃありません」

「フィオーラ騙されるな‼　なにが世界樹だ？　ただの化け物だそいつはっ‼」

吠えたてるセオドアに、アルムが表情を変えることもなく口を開いた。

「少しは冷静になったらどうだい？　君は人間なんだから、言葉で意思疎通をする機能は備わっているはずだろう？」

「黙れっ‼　化け物風情が口を開くな‼」

「……」

アルムが呆れたように黙り込んだ。

「……わかった。君が言葉による対話を拒絶するなら、僕もそうさせてもらうよ」

アルムの口が、樹歌の旋律を紡ぎだす。

「くっ？」

セオドアを絡めとったまま、蔓の塊が動いていく。

蔓の塊は枝の先端部までくると一斉にほどけ、セオドアを空中へと吐き出した。

「ふざけ、ぎ、あぁあぁあぁっ――――つぐふっ？」

尾をひいた悲鳴が遠ざかり小さくなり、蛙が潰れるような声が聞こえた。

最後の声は、地上に激突した瞬間の断末魔――――ではなかった。

セオドアは地面の少し上の空中で、逆立ちをするような姿勢で浮いていた。

よく見ると、足首には一本の蔓が巻き付き、幹の上部へと繋がっていた。全ての蔓を解いたと見せかけ、一本だけ命綱として巻いてあったということだ。

セオドアは墜落死こそ免れたが、高速落下の衝撃に、気絶しているようだった。

「び、びっくりしました……」

気絶したセオドアの代わりに、フィオーラが冷や汗を垂らして呟いた。

アルムにセオドアの命を奪う気がないのはわかっていたが、目の前で起こった光景は余りに衝撃的だった。

「フィオーラにはちょっと刺激が強かったかな？　でもこれくらいやれば、あいつだって静かになるはずだ。落ちる間に感じた恐怖で、さすがに頭も冷えるだろうしね」

「きゅいっ‼」

アルムに同意するように、イズーが頷いている。

一方のセオドアは気絶したまま、近寄ってきた羊の精霊に金髪を食まれてた。

「さ、僕たちも地上に戻ろうか」

アルムが樹歌を口ずさんだ。

枝がしなり形を変え、地上へと続く階段へと変化する。

階段は軽く百段以上。途中で踏み外さないか心配だが、隣にはアルムがいてくれた。

「きゅいっ？」

僕もいるよ‼　と主張するように鳴くイズー。

「イズー、ありがとう。もし私が足を滑らしたら、風をお願いしますね？」

「きゅっきゅきゅきゅ？」

了解です、と言うようにイズーが前脚を上げた。

フィオーラが階段を下りていくと、少しずつ地上の細部が見えてくる。

精霊たちは木の根元に固まり、フィオーラを見上げていた。

今か今かと、フィオーラが地上に到着するのを待ち構えているようだ。

そしてそんな精霊たちを遠巻きにするように、人間たちも集まっている。

兵士たちに野次馬、それにハルツら千年樹教団の面々もいるようだ。

地上へと下り立ったフィオーラは、まず精霊たちに取り囲まれた。

フィオーラの危機を知り、王都まで駆けつけてくれたようだった。

「ありがとうございます。おかげで助かりました」

そう言って撫でてやると、精霊たちが体をすり寄せてくる。

垂れ耳犬の精霊は嬉しそうに足元を駆けまわり、羊の精霊はもこもこの体で寄り掛かってくる。頭の上に温かさを感じると、大きな熊の姿をした精霊が顎をのせていた。

フィオーラが精霊たちの頭を撫でていると、ハルツが走りよってきた。

「フィオーラ様‼　セオドア殿下たちに、怪我はさせられていませんか？」

「大丈夫です。心配をおかけしてしまい、申し訳ありませんでした……」

「ご無事で、本当に本当に良かったです。おかげで王都の民も助かります」

「……王都の民？」

どういうことかと首を傾げる。

するとハルツが、どこか遠い目をして微笑んだ。

「フィオーラ様が誘拐されてからのことです――」

フィオーラが誘拐されてから数日経った日のこと。

アルムは無表情を極め、冷ややかな空気を全身から滲ませていた。

そしてその冷気はアルムの周辺に留まらず、王都全域にまで及ぶことになる。

季節外れの雪が降り出したのだ。

空から落ちてくる白い欠片に、王都の住人は何事かとざわめきだした。

「初夏の王都で雪。私も最初は、自分の目を疑いましたよ」

その瞬間を思い出すように、ハルツが空を見上げた。

空は青く、初夏らしい透明さで輝いている。

とても数日前、雪が降ったとは思えない様子だ。

「しかも天気の乱れは、雪だけでは終わらなかったんです」

――雪の日の翌日、王都では一日中雷が鳴っていた。

更にその翌日にはまた雪。雪が止んだと思ったら今度は雹だ。

幸い被害は少なく、死者は出ていなかったが、王都の住民に深い戸惑いをもたらしたらしい。

そんな立て続けの異変には理由がある。

原因はアルムだった。

「世界樹である僕は、この世界と深く繋がっているんだ。普段は樹歌によって世界に働きかけているんだけど、あの時は意識せず影響を与えてしまったみたいだね」

「無意識で天候の操作まで……?」

天の気象は、未だ人間には手の届かない領域にあったが、世界樹であるアルムは話が別だ。

強く感情を揺らすと、世界を同調して動かしてしまうことがあるらしい。

アルムの持つ、途方もない能力を新たに知ってしまったようだ。

この国の都市で一番大きい王都。

その王都全域の気象が、アルムの感情に左右される、途方もない力だった。

「僕の感情はかつてないくらい荒れていたからね。主であるフィオーラと離れていたこともあって制御が甘くなって、感情が天候に反映されてしまったんだ」

アルムは、途中で自身の感情と天候が連動していることに気づいたらしい。

そのため、死者が出るような天気の荒れはさすがに防いでいたようだが、その後も異常気象は続いた。

実害こそ小さくとも、天候の異変は誰でも簡単に気づくものだ。

王都の住人は日々戦き、不安に震えていたらしい。

ハルツたち千年樹教団の人間も同じだ。改めてアルムの力の大きさを実感したことで、アルムの主であるフィオーラの行方を追うために、より一層力を注ぎこむことになったのだ。

そんな彼らと、アルムや精霊たちの協力もあり、フィオーラがセオドアの持つ別邸に連れ去られたことを確認したらしい。

アルムはすぐさま救出に向かおうとしたが、別邸のどの部屋にフィオーラがいるかわからなかったため、巻き添えを恐れ慎重に居場所を探っていたようだ。

そんな中、フィオーラが栞から出現させた木が目印となり、すぐさま飛び込んできたとのことだった。

「フィオーラの機転のおかげだよ。あの王太子、僕を警戒して植物は君の近くに持ち込まなかったみたいだけど、どうやって木を出現させたんだい？」

「栞です。私の前に、人質として連れられてきたヘンリー様が偶然、アルムが若木だった時の葉を使った栞を持っていたんですが……」

　フィオーラは周囲を見回した。

　こげ茶の頭、ヘンリーの姿は見当たらない。

「ヘンリー様は？　治療のため、どこかへ運ばれたんですか？」

「ヘンリー様でしたら、事件の重要参考人として、我が教団で保護させていただいています。後でお会いになりますか？」

「……お願いいたします」

　フィオーラは小さく頷いた。


――かつて、フィオーラへと一方的に婚約破棄を叩きつけたのがヘンリーだ。

　その婚約破棄が、実は王太子であるセオドアが糸を引いたものであること。

　そしてヘンリーがフィオーラを思いやっていてくれたことを知ったのは、ついさっきのことだ。

　フィオーラはまだ、明らかになった真相に混乱していたが、ヘンリーが恩人であることは間違いない。

　ヘンリーの傷が癒えたら、一度しっかり話をしたいと思ったフィオーラだった。

「おまえ三日前の、あの奇跡の瞬間を見たか？」

「奇跡？　災いの間違いじゃないのか？」

王都の一角。

貧しい者たちが身を寄せる、粗末な建物が肩を寄せ合うようにひしめくうちの一軒にて。二人の男が会話を交わしていた。

男たちは薄汚れた室内に相応しい、着古した服を身に着けている。

しかし、開け放たれた窓へ向けられた鋭い視線は、貧相な服と建物に似つかわしくないものだった。

二人の男の本質は服装ではなく、油断ない目つきに表れている。

他国より潜り込んだ間諜。それが男たちの正体だ。

二人の注目は今、王都の町並みの遥か頭上に葉を茂らせた、一本の巨木に注がれていた。

「しっ。おまえ、災いなんて言うのは止めろ。世界樹の御業なんだぞ？」

「どうせ、おまえ以外誰も聞いてないんだからいいだろう？　聞けば、ここのところの雪や雷の異変も全部、世界樹を名乗る輩が引き起こしたものらしいじゃないか」

「あぁ。らしいな。……俺も最初は、天気を自在に操るなんぞ眉唾話だと思っていたが……」

言葉を切った男の視線が、青々と葉を茂らせた巨木の輪郭をたどった。

「一瞬のうちに聳え立ったとんでもなくデカイ木。しかも大きさだけじゃなく、幹は世界樹と同じ銀色ときたものだ。あんな無茶苦茶な現象を見せつけられたら、信じる他ないからな」

王都のどこに居てもはっきりと見えた、ありえない奇跡の瞬間。

天高く伸びあがった木は、王都の民に紛れた他国の間諜たちにも、深い衝撃を与えていた。

「あのデカイ木から、やたらと神々しい銀髪の男と、若い女が下りてきたって目撃談もあるんだ。二人のうちどちらでもいい。他国に先んじて身元を把握しておきたいところだな」

「……俺は、商人に潜り込ませた協力者から情報を集めるつもりだ」

「頼む。俺は貴族に探りを入れてみる。女の方は、最近千年樹教団がどこぞの令嬢を手厚く保護したという噂があるから、その線を当たるつもりだ」

男たちはいくつか打ち合わせをすると、時間をずらしてバラバラに外へと出ていった。

――そして情報収集に熱心なのは、間諜である男たち二人に限らなかった。

王都の民たちの間では、突然姿を現した巨木と異常気象の噂で持ち切りだ。

平民だけではなく貴族たちもそれは同じで、一連の事態に自国の王太子が絡んでいたという情報が飛び交い、戦々恐々としていた。

多くの人々の関心を、一心に集めることになったフィオーラ。

フィオーラがそのことを知る瞬間は、そう遠くないはずだった。

一連の騒動が起こした波紋が、フィオーラへと届くその前に。

フィオーラはまず、自分の過去に一つ、区切りをつけることにした。

かつての婚約者、ヘンリーの元へ向かったのだ。

「ヘンリー様、起きてらっしゃいますか？」

「あぁ、大丈夫だ。入って来てくれ」

フィオーラは護衛代わりのイズーと一緒に、千年樹教団の建物の一室に足を踏み入れた。

陽の光が入る室内には、清潔な寝台が置かれている。

枕に寄り掛かるようにして身を起こしたヘンリーの顔色は、陽光を受け穏やかだった。

（元気そうで良かった。傷の方も、ほとんど目立たなくなってるわ）

回復したヘンリーの姿に、フィオーラは胸を撫でおろした。

フィオーラの救出に一役買ったヘンリーのためならと、アルムも血を分けてくれたのだ。

「……少し、お話をさせてもらっても大丈夫ですか？　まだ体がどこか痛むようでしたら――」

「大丈夫だよ。ほぼ健康そのもの……なんだけど」

今でもまだ信じられないよ、と。ヘンリーが小さく笑った。

「まさかこの短期間で、傷がすっかり塞がるなんてね。目の前にいきなり、巨大な木が現れたことといい、信じられないことだらけだ。……それら全部に、フィオーラが関わっていたのも、今だって信じられない……信じたくないくらいなんだ」

ヘンリーの笑いに、ほろ苦い色が混ざった。

陰りを帯びたその表情に、フィオーラはいたたまれなくなってしまった。

「ヘンリー様、今回は巻き込んでしまい、申し訳ありませんでした……」

「っ‼　フィオーラ、顔を上げてくれ。君を責めているわけじゃないんだ。これはちょっと……自分が情けなくなっただけ。君を助け出そうと意気込んでいたくせに、逆にお荷物になってしまったからね……」

「そんなことはありません‼　ヘンリー様が、あの場に栞を持って現れてくれなかったら、私も無事で居られたかわかりませんでした。……ありがとうございます」

「……僕に、君からの感謝を受け取る資格なんてないよ。だって僕は理不尽な理由で、君との婚約を破棄した男なんだ」

婚約破棄。

その言葉にフィオーラの胸は痛んだが、既にかさぶたになりかけた傷痕だ。

ヘンリーにもやむを得ぬ事情があったと知った今、もはや落ち着いて受け入れることができる過去だった。

「ヘンリー様、気になさらないでください。私との婚約を破棄するよう、セオドア殿下から圧力があったと聞きました」

セオドアの、熱くまとわりつくような視線を思い出し、フィオーラの腕に鳥肌が立つ。

フィオーラの何が、王太子であるセオドアの琴線に触れたのかはわからなかったが、彼が向けてきた感情は大きく危ういものだった。

セオドアに脅されたヘンリーは、従うしかなかったのだ。

「……どんな理由があったにせよ、僕が君を捨てた事実に変わりはないよ。僕は殿下の圧力に屈して、君を傷つけてしまったんだ」

「でもヘンリー様は、殿下に誘拐された私のことを、助けようとしてくれました。……私には、それだけでもう十分です」

婚約破棄で感じた痛みが、全てなかったことにはならないけれど。

それでも、ヘンリーがフィオーラを思いやってくれていたことは、彼の行動から痛い程感じられたのだ。

「……ありがとう。……それにしても……」

ヘンリーがフィオーラを見つめた。

遠くを眺めるような、手の届かない星を見るような瞳だ。

「フィオーラはすごいな。千年樹教団の司教様と、当たり前のように会話を交わせるんだね」

「……ハルツ様が、優しいお方だからです。それに私が、世界樹であるアルムの主だからです」

「世界樹の主、か……」

ヘンリーが顔をうつ向かせた。

「ヘンリー様が、私なんかが世界樹の主だと、信じられないのはよくわかります……」

「……そういうわけじゃないんだ。ただ……」

ヘンリーは頭を振り、誤魔化すように笑みを浮かべた。

「これは僕の問題だ。……フィオーラ、君はそろそろ帰った方が良さそうだ。世界樹の主になったんだから、忙しいことばかりだろう？　……僕なんかに、関わっている暇はないはずだ」

「……わかりました」

ヘンリーとはまだ話したいことがあったが、扉の外にはアルムが待っている。

誘拐事件以降、一層過保護になったアルムを長時間待たせたくはなかったし、病み上がりのヘンリーと話し込むわけにもいかなかった。

「長話をして、治りたての傷に障ってもいけませんし、お暇させてもらいますね」

「きゅいっ？」

人間たちの会話が終わる気配を察したのか、イズーが体を伸ばし声を上げてくる。

フィオーラはイズーを撫でてやると、ヘンリーの部屋を後にした。

その背中を見送り、ヘンリーはぼすりと枕に体を預けた。

「……愛していたよ、フィオーラ。親に決められた婚約相手としてではなく、一人の女性として、ね」

そう呟いたヘンリーの声は、誰にも届かず消えたのだった。


フィオーラがヘンリーの部屋から出ると、アルムがすぐさま近寄ってきた。

「お帰り、フィオーラ。部屋の中でヘンリーに、何か手出しをされなかったかい？」

アルムは誘拐事件以降、より過保護になっていた。

イズーを常に傍らに付けさせ、フィオーラを決して一人にはしないようにしている。

万が一にも、フィオーラに危害が加えられないように、目を光らせているのだ。

「ええ、大丈夫よ。アルムが提供してくれた血のおかげで、ヘンリー様の具合もよさそうでした」

「ふーん、そっか。……本当に大丈夫かい？」

「だ、大丈夫です……」

ずずいっと迫ってくるアルムに、フィオーラは思わず戸惑った。

顔が近く、恥ずかしい。

近寄られた分だけ、反射で後ずさってしまった。

今のアルムは少し変だ。

アルムは過保護だが、きちんとフィオーラの意思を尊重してくれている。

何か気になる点があっても、フィオーラが一度説明し理にかなっていれば、それで納得してくれたはずだ。

……なのにヘンリーに対してだけは、アルムは幾度も食いついてくる。

謎だった。

「アルム、どうしたんですか？　ヘンリー様のことで、何か気になることがあるのですか？」

「…………」

迫ってくるアルムの動きが止まった。

僅かだが眉間に皺が寄っている。

小さな変化だが、基本無表情のアルムには珍しいことだった。

「気になるというより、気に障るというか……」

「……ヘンリー様と、性格が合わなそうということですか？」

「それとも少し違う気がするけど……。フィオーラはヘンリーのこと、どう思っているんだい？」

「家族から冷たくされていた私にも、優しく接してくれた方です。穏やかでのんびりしていて、でもご実家が商家なこともあって、お金の扱いや締めるべきところはきちんとされていたと思います。ちなみに、好きな色は水色で、好きな食べ物は人参や根菜だったと思います」

「……色々と詳しいんだね」

「ヘンリー様は兄のように、私と話をしてくれたから、詳しくなったんです」

「兄、かぁ……。ならいいのかな？　……いや、なんでだ……？」

アルムが悩んでいる。

彼自身、自分の考えがまとまらないらしい。

見た目はフィオーラより年上の姿のアルムだが、人間の姿になってからは日が浅い。

まだまだ、自分の感情や考えを上手く言葉にできないのかもしれなかった。

「うーん……。まぁいいや。どっちにしろ、僕がやることは変わりないからね。もし、ヘンリーがフィオーラを傷つけようとしたら、蔓で縛って身動きを封じて、セオドアと同じような目に遭わせればいいだけだ」

「……それはその、もしもの話だとはわかっているけど、それは止めてあげてください……」

フィオーラは身を震わせた。

命綱の蔓一本で、地上に向かって落ちていくセオドアの姿はなかなかに強烈だった。

「あれくらい、むしろ生ぬるい方だと思うよ？　人間たちだって、罰じゃなくとも同じようなことをやる例があるしね」

「え……？」

信じられない情報に、フィオーラは驚くしかなかった。

見ているだけでも怖い、寿命が縮みそうなあの行為を、罰則でもなく行う人間がいるなんて……。

「どうして、あのような恐ろしいことを平気でできるんですか……？」

「通過儀礼の一種だよ。この国でも15歳で成人する時、女子は自分の名前入りの刺繍をしたハンカチを作り、男子は父と酒杯を打ち合わせるだろう？　同じように、地域によっては子供が成人と認められるためには、高い崖から命綱をつけて飛び降りる風習があるんだ」

「……それはもしかして、成人に相応しい胆力の持ち主だと、周りに証明するためですか？」

「その通りだよ。もっとも、恐怖に耐えかねて失神することも珍しくないみたいだから、度胸試しの一面もあるみたいだけどね」

「……もし挑戦したら、私も気絶しますね……」

「大丈夫。君にあんなことはさせないから安心してくれ。もし僕がいない時に高所に取り残されても、イズーの助けを借りれば安全に下りられるはずだ」

「……イズー、頼りにしています」

「きゅっ‼」

イズーが、まかせてと言わんばかりに声をあげた。

その頭を撫でながら、フィオーラは驚きに浸っていた。

ここ一月ほどで、フィオーラの行動範囲は一気に広がったとはいえ、まだまだ知らないことばかりだ。世界は広いのだと、そう実感することが多かった。

「……そう言えばアルムは、今の世界樹からいくらかの知識を継承しているんですよね？　この命綱をつけて飛び降りる風習についての知識も、今の世界樹から受け継いだものなんですか？」

「あぁ、そうだよ。今の世界樹にとっても、なかなかに衝撃的な知識と……それに体験だったらしいからね」

「……体験？」

「そう、ある意味実体験だね。なんせ昔、世界樹の枝から命綱をつけて飛び降りるのが、一時期流行ったらしいからね」

「えぇっ……？」

　フィオーラとしては困惑するしかなかった。

　そしてきっと、先代の世界樹にとってもそれは同じで、衝撃的で戸惑ったからこそ、その記憶がアルムにまで受け継がれているようだった。

「世界樹の枝から飛び降り……。それもやはり、通過儀礼の一種なのかしら？」

「いや、違うみたいだね。元々は先代の世界樹の根を下ろしているのと別の場所で、命綱をつけて飛び降りる風習が、人間たちに伝わっていたんだ。その風習を千年樹教団の人間が偶然目にして、真似することにしたらしい」

「真似を……」

「僕にも、よくわからないけど……。どうも、当時の教団の人間たちは世界樹から飛び降りることで、世界樹との一体感を獲得しようとしたみたいだね」

「……全く、意味がわからないわ……」

「本当に同感だよ。人間はちっぽけな存在だけど、たまに千年を生きる世界樹にも予想のつかない行動をしてざわつかせるからね」

「……なんかちょっと、同じ人間として申し訳なくなりますね……」

人間の奇行に驚き、それをアルムに伝えた今の世界樹。

それは、自分の若い頃の経験を枕元で語り聞かせる、人間の親に似ているのかもしれない。

（考えてみれば、アルムだって人とは感覚がズレていても、感情や思考能力があるのだから、今の世界樹だって同じなのかも……）

今もなお、千年樹教団の本部に聳え立っている世界樹。

いったいどんな人柄（？）なのだろうと、フィオーラは思いを馳せたのだった。

ヘンリーの部屋から離れたフィオーラたちは、千年樹教団の建物の中を歩いていた。

今日で、セオドアの元から帰ってきて五日目になる。

フィオーラは教団の王都支部に滞在していた。

教団の中にも、セオドアの息のかかった人間はいたが、ハルツらの尽力により主犯格は捕らえられ、怪しい人間も支部の外へと移動させられたらしい。

完全に安心だとは言えないが、少なくとも昼間教団支部内の人目のある場所を歩いていたくらいで、誘拐される心配はなさそうだ。

そして今、アルムと並びイズーを肩の上にのせ、中庭に面した回廊をのんびりと歩いていた。

「フィオーラ、これからどうするつもりだい？」

「もうすぐお昼ですから、部屋に戻って食事をして、その後は――」

フィオーラは思わず固まった。

視線は一点、中庭の上空に張り付けられている。

「空飛ぶハンカチ……？」

四角い布切れのような物体が、広い中庭の向こう側からこちらへと飛んでくるのが見えた。

中庭の木々は静かで、風は吹いていないはず。

なのに、ハンカチのような物体は地面に落ちることもなく、滑らかにこちらへと近づいてきた。

「え、ハンカチ？　いえもふもふ？　リス？」

近づいてきた物体の表面は毛皮で、くりくりとした黒い目が光っている。

空を飛ぶリス？

謎の存在は、どんどん高度を下げてきた。フィオーラの頭部めがけて、着地しようとしたところで――

「きゃうっ⁉」

べしり、と。

アルムに叩き落とされてしまった。

「大丈夫……？」

小さな生き物は叩かれた衝撃で、ころころと地面を転がっていた。

大きさはイズーより小さく、ネズミより少し大きいくらいだ。

背中側は薄いグレー、腹側は真っ白な毛が生えている。

形はリスに似ているが、前脚と後ろ脚の間に、振袖のような薄い毛皮が垂れていた。

「初めて見る生き物……。アルムは知ってる？」

「姿かたちはモモンガだけど……。モモンガは、この辺りには生息していないはずだ。こいつはモモンガの姿をしているだけで、イズーと同じ世界樹に縁のある精霊だよ」

「モモンガの精霊様……」

精霊だからこそ、これほど近づくまで、フィオーラに対し過保護なアルムも手出ししなかったようだ。

モモンガの精霊は、アルムに叩かれた頭部を抱え悶絶している。

大丈夫かと心配していると、つぶらな瞳がキッとこちらを見上げた。

「もうっ、あなたたち痛いじゃないのっ!!　いきなり叩くなんて酷いわよ!!」

「……え？」

「……な？」

「……きゅきゅっ？」

フィオーラとアルム、そしてイズーの声が重なった。

「今の声は、一体……？」

「ちょっとちょっと、どこ見てるのよ。私はここにいるわよ」

「……」

再び響く、小さな女の子のような高い声に、フィオーラはモモンガの精霊に視線を戻した。

「……もしかして、あなたがしゃべっているの？」

「私以外誰がいるのよ？　もっちろん‼　私に決まってるじゃない‼」

「……モモンガって、しゃべれる生き物なんですか……？」

正しくは、モモンガ型の精霊だけど。

もふもふとした毛皮に包まれた小動物が、人の言葉を操る姿は、なかなかに衝撃的だった。

アルムも珍しく、少し戸惑っているようだ。

「いや、しゃべらないよ。モモンガも精霊も、人の言葉はしゃべれないはずだ」

「きゅいっ？」

同意するように、イズーが鳴き声をあげた。

イズーはいたちの姿をした精霊だ。賢(かしこ)くて、人間の言葉をだいたい理解しているが、それでもしゃべることは不可能。

普通(ふつう)のイタチと同じように、言葉ではなく鳴き声で意思の疎通を図(はか)ることしかできなかった。

「あなたはどうして、人間の言葉がしゃべれるんですか……？」

「どうして？　じゃああなたは説明できるの？」

「え？」

「あなたの方こそ、自分がどうして言葉をしゃべれるか、きちんと説明できるのかしら？」

「……それは、私が人間で、言葉をしゃべる人たちに囲まれてたから、自然としゃべれるようになっていて……」

「なら私も同じよ。周りの人間がしゃべっている言葉を、同じように私もしゃべれるようになっていた。それだけの話よ」

「えぇ……」

よくわからない理屈だったが、目の前に言葉をしゃべるモモンガ精霊が存在するのは間違いない。どういうことなのかと、答えを求めるようにアルムを見上げた。

「アルムの受け継いだ記憶の中にも、言葉をしゃべる精霊の記憶は見当たらないのよね？」

「ない。……ないはずだ。少なくとも今思い出せる範囲で、こんな珍妙な精霊の記憶は見当たらないよ」

「誰が珍妙よ‼　全く失礼ね‼」

ぷんすこと、モモンガ精霊が頬を膨らませていた。

（かわいい……）

モモンガ精霊、言葉を聞く限り、なかなかに気が強そうだが、見た目が愛らしいせいで威圧感は感じなかった。

しゃがみこんで観察していると、アルムが何やらうなりだす。

「うーん、軽く今の世界樹から受け継いだ知識をさらってみたけど、やっぱり言葉をしゃべる精霊なんていなかったよ。……命綱を使った飛び下りの風習なんてどうでもいいから、しゃべる精霊について知識を残してほしかったな……」

「それは確かに……」

アルムの言葉はもっともだ。

どのようにして、受け継がれる知識が選択されているかはフィオーラには謎だが、愚痴りたくなる気持ちは理解できる。

「あ、でももしかして、この子はつい最近生まれたばかりで、今の世界樹も存在を知らなかったんじゃないですか？　精霊様、あなたは今、何歳なんで――――」

「失礼ねっ‼　女性に年齢を聞くのは非常識よっ‼」

モモンガ精霊に常識を説かれてしまった……。

（……声の印象からそんな気はしたけど、この精霊様は女の子なのね……）

アルム曰く、精霊にも性別は存在しているらしい。

精霊樹から生み出される際、周囲の生物を参考に、精霊は形を得るからだ。

……ちなみにイズーはオスらしいが、あまり精霊の性別について深く考えたことがなかったため、はっきりと女性だと主張するモモンガ精霊の出現は新鮮だった。

「失礼なことを聞いてしまいすみませんでした。これからは気をつけますから、許してもらえますか？」

「いいわよ、別に。そんな畏まることでもないもの。……詳しい年齢は秘密だけど、そこの世界樹の若木より年上だとは言っておくわ」

フィオーラの謝罪に機嫌を直したのか、モモンガ精霊がアルムの体を駆けのぼり、肩の上へとよじ上る。

いつまでも地面の上では、高低差があって話しづらかったようだ。

（肩にちょこんと乗って可愛らしいけど……。全然アルムを畏れないのがすごい……）

その点でも、初めて見るタイプの精霊だ。

精霊は世界樹の化身であるアルムを尊敬し、畏れ敬うのが普通だった。

アルムに慣れてくると、フィオーラに対するように懐き甘えるが、それでも一線は引いている。

イズーだって、活発な性格でアルムにもよくじゃれているが、アルムの機嫌が悪い時には、出来るだけ近寄らないようにしていた。

（なのにこのモモンガの妖精は、アルムの肩に躊躇なく飛び乗ってくつろいでいる……）

人語をしゃべる精霊を前に、アルムは怪訝な気配を漂わせていた。

剣呑というほどではないが、他の精霊なら近づこうとしないはずだ。

「……ねぇ、あなたは、どこからここへやってきたの？」

モモンガ精霊に聞いてみた。

アルムの肩に乗ってくれたおかげで、ちょうどフィオーラの視線と同じ高さに顔がある。

黒い瞳の表面は、つやつやと潤んだ光が宿っていた。

「遠く遠く、いくつもの国を越えた東の方から来たわ。新たな世界樹の主が生まれたって、木々の噂で聞いたから、さっそく駆けつけてみたのよ」

「私とアルムに会うために、そんな遠くからやってきたの？」

「そうよ。私たち精霊にとって、世界樹の主は重要な存在だもの。どうなっているか確認しないと、落ち着かなくて心配しちゃうじゃない」

「……ありがとうございます。でも、ここにいて大丈夫なの？　精霊は黒の獣の退治のため、それぞれ決められた土地があるんでしょう？」

例外は、まだ生まれたばかりで担当地が決まっていなかった、フィオーラに懐いていた精霊たちくらいだ。

モモンガの精霊がアルムより年上ならば、守るべき土地があるはずだった。

「ふふっ、それくらい問題ないわ。知り合いの精霊に押し付……頼んであるし、元々黒の獣があまり出ない土地だもの。ここであなたたちと一緒にいても大丈夫よ」

「私たちと一緒に……もしかしてしばらく、元居た土地に帰らないつもりなの？」

「そうよ。この私が、あなたたちについて行ってあげるんだから、感謝しなさいよね？」

モモンガ精霊が胸を張って宣言した。

宣言に合わせて、鼻先から伸びたひげがぴくぴくと揺れ動く。

「ありがとうございます……？」

モモンガ精霊の勢いに押され、フィオーラは思わず頭を下げてしまった。

「……アルムは、この子が一緒で大丈夫？」

「……問題ないよ。問題になりそうだったら、素早く排除するだけだ」

「酷いわねっ‼」

ぺちぺちと、モモンガ精霊がアルムの頬を叩いていた。

世界樹であるアルムに対する遠慮ない行動に、イズーが静かにビビっている。

アルムは少し嫌そうな顔をすると、肩からモモンガ精霊を引きはがし、近くの梢へと乗っけた。

「フィオーラが認めたんだ。僕たちについてきたいなら好きにするといい。だが君は、今まで見たこともない種類の精霊だ。完全に信用するのは難しい。それくらい、君だって理解しているだろう?」

「むぅ。腹立たしいけど仕方ないわね」

「フィオーラに危害を加えなければそれでいい。もし加えたら、本物のハンカチのようにぺしゃんこになると覚悟してくれ」

「わかったわよ、もうっ」

モモンガ精霊が、小さな体で器用にため息をつく。

二人（?）のやりとりを見守っていたフィオーラは、ほっとしつつ声をかける。

「これからしばらく、よろしくお願いしますね。……名前は、なんと呼べばいいの?」

「好きにしてちょうだい。普通、精霊には固有の名前なんてないもの」

「そうでしたね……」

つい、いつもイズーと一緒だから忘れてしまうが、精霊は名前を持たないのが普通らしい。

名前ではなく、守護している土地の名を冠して呼ばれるのが通例だ。

例えば、この王都ティーグリューンを守る精霊だったら、ティーグリューンの精霊、といった具合だった。

「あなたが守っていた地の名前を教えてくれる?」

「秘密よ」

「秘密……」

「ますます怪しいな……」

アルムが、どこか呆れた様子でモモンガ精霊を見ていた。

アルムの表情は動いていないが、最近はフィオーラも、なんとなく彼の考えがわかるようになってきた。

「君、本当に精霊かい？」

「失礼ねっ‼　あなたも世界樹なら、直感で私が精霊だって理解できるでしょう？　それにこの花よ‼　この花が目に入らないのっ？」

モモンガ精霊が、首をずいと前に出す。

首の付け根には、小さな白い花がくっついている。精霊の証だった。

「女には秘密がつきものなのよ。あなたたちに迷惑をかけるような秘密じゃないし、土地の名前で呼ばれるなんて味気ないじゃない？　呼びやすい名前を、好きにつければいいわよ」

「……それじゃぁ、モモでどうですか？」

モモンガだからモモ。

単純だけど、可愛らしく呼びやすい名前だとフィオーラは思った。

「モモ、モモ……悪くない名前ね。モモでよろしく頼むわ」

「はい、こちらこそ。よろしくお願いしますね」


――かくして、精霊のモモが共に行動することになったのだった。

体の小さいモモは、フィオーラの肩に乗って一緒に行動することになった。

イズーはよくしゃべるモモに腰(こし)が引けたのか、フィオーラの肩から下り、とことこと四本の脚で地面を歩いてついてくる。

……ちなみに、モモが人間の言葉をしゃべれることについては、基本的に秘密にするつもりだ。

騒動になりそうだし、何よりモモ自身が、人前ではしゃべりたくないらしい。

教会の廊下(ろうか)を進み、人目のある今は、フィオーラの肩の上で大人しく黙り込んでいた。

歩くたび、それなりに揺れるはずだが、モモは危なげなく肩にくっついている。

モモンガは木の上を駆けまわる生き物だから、モモンガの姿をした精霊のモモも、バランス感覚は優(すぐ)れているようだった。

モモの小さな指は、しっかりとフィオーラのドレスにつかまっている。

今、フィオーラが着ているドレスは、教団が用意してくれたうちの一着だ。

いつまでも、シスターと同じ服ではまぎらわしいということで、フィオーラの年齢相応の、可愛らしい編み上げデザインのドレスだった。

色は、フィオーラの瞳と同じ優しい水色。

初夏の装(よそお)いらしく、華奢(きゃしゃ)な鎖骨(さこつ)がのぞいていた。

今まではずっと、体に残る傷痕を隠(かく)すため、首のつまったドレスしか着られなかったから、フィオーラは嬉しかった。

「フィオーラ様、今少しお時間よろしいですか？」

書類を携えたハルツが声をかけてきた。

ここのところ、誘拐事件の後始末で忙しそうだったが、何かあったのだろうか？

近寄ってくるハルツの顔を、モモがじっと見つめていた。

何か気になるのだろうかと思っていると、耳元で小さく囁かれる。

「……美男ね。あれは絶対、罪もなく女を泣かしている顔よ」

「………」

どうやらモモは、結構俗っぽい性格をしているようだった。

「ヘンリー様にセオドア殿下の計画を教えたのがミレア様だった、ですか……」

ハルツのもたらした情報に、フィオーラは目をしばたたかせた。

今回の誘拐事件には、フィオーラの父も一枚噛んでいる。

だからフィオーラは父と義母、それに義姉が一家揃ってセオドアに協力していたと思っていたが、
そう単純ではないようだった。

（確かに、王都から遠く離れた場所にいたヘンリー様が、どうして私の誘拐事件を知ることになったのか、気になってはいたけど……）

ミレアがヘンリーに情報を流したから、らしい。

「ミレア様は何故、両親を裏切るようなことをなさったのでしょうか？」

「妬ましかったから、だそうです」

ハルツが苦笑を浮かべていた。

彼は手元の紙片に目を落とし、ミレアの心の内を語っていく。

――――そもそもの話、最初から。

ミレアはセオドアの計画への協力に反対だった。

（どうして、あんなみすぼらしいフィオーラが、セオドア殿下の目に留まったのよ？）

妬ましくて腹立たしくて羨ましくて。

荒れ狂う感情に、髪をかきむしろうとしたところで。

右腕に巻かれた包帯が目に入り、ますます感情が荒立った。

――――こんなのはおかしい。あり得ないはずだ。

美しく幸せになるべき自分が、醜い痣に苦しめられていて。

痣を付けた張本人のフィオーラが、ぬけぬけと王太子と結ばれるなんて、そんなの絶対に許せなかった。

なのに母であるリムエラは、フィオーラとセオドアの婚約に前向きだった。

『セオドア殿下は一見お美しく凛々しいけど、心の内に化け物を飼っているお方よ。私にはわかるの。セオドア殿下に捕まったら最後、フィオーラの心は無茶苦茶になるはずよ』

などと言って、率先してセオドアに協力する有様だった。

（お母さまは、人を見る目に自信があるようだけどうぬぼれよ？　セオドア殿下はこれ以上なく優雅で、優しいお方だったじゃない？）

ミレアがセオドアと直接話したのは、ほんの短い時間だ。

しかしその短時間でも、セオドアが魅力的な王太子だとよくわかった。

そんなセオドアが、フィオーラと婚約を交わすなんて、到底認められるわけがなかった。

なんとかして妨害しなければと考えたミレアは、ヘンリーへと目をつける。

ヘンリーはフィオーラとの婚約を破棄したものの、今だフィオーラの身を気遣い、消息を尋ねにミレアの元にやってくることがあった。

フィオーラへの未練を残したヘンリーに情報を渡し、セオドアとの婚約をぶち壊す。

そんなミレアの姑息な計画は、本人の意思に反して、フィオーラを窮地から助けるきっかけとなってしまったのだった。


「――――と、おおまかにミレア様の考えと行動は、こんな風になるわけです」

ハルツが、手元の資料から視線を上げ締めくくる。

「ところどころ要約させてもらいましたが、ミレア様の動機が、妬みからくるものだったのは間違いないようです。嫉妬心からの行動が、まさか陥れようとした相手を救うことになるなんて、ミレア様も驚きでしょうね」

ハルツの言葉に、フィオーラは黙って頷くしかなかった。

「ミレアにとっては、皮肉としか言えない結末ね」

耳元で、モモが小さく囁いた。

フィオーラの心の内を、代弁するかのような言葉だった。

「……ミレア様は今後、どうなさるつもりなのですか?」

今回の一件で、フィオーラの父グリシダと、義母リムエラには罰金が科されていた。

フィオーラの身内のため、罰金だけで済んだのだが、それでも伯爵家の資産の大部分が吹き飛ぶ大金だ。

今までのような贅沢な暮らしは到底できない状況で、ミレアは今後どうするつもりなのか気になった。

「それが、話が意外な方向に進みまして……我が教団に入り、シスターになるそうです」

「ミレア様が、シスターに……?」

信じられない組み合わせだ。

「ミレア様はドレスで着飾ったり、派手な生活を好まれていました。そんなミレア様がシスターに向いているとは思えないのですが……」

「私も同意見ですが、彼女なりに心境の変化があったようです」

今回の一連の騒動を経て、ミレアは多くのものを失っている。

腕の消えない痣。両親に科された高額の罰金。

他の貴族たちからは嘲られ、煙たがられるようになってしまった。

「加えてミレア様にとっては、セオドア様の本性を見抜けず、のぼせあがってしまった自分に、なにより衝撃を受けられたようです。多くを失い、もう自分さえ信じられないと絶望し、教団の門を叩いたのです」

千年樹教団は、傷ついた人間に門戸を開いていた。

それまで持っていた地位と引き換えに教団の庇護を受け、俗世での様々なしがらみを断ち切り心の平安を得ることができる。

ミレア本人は、公に大きな罪は犯していなかったから、シスターとなることは認められるはずだ。

質素なシスター暮らしでも、外で嘲りに晒された令嬢として生きるよりはマシだと、ミレアはそう考えたのかもしれない。

「もっとも、フィオーラ様が望むなら、ミレア様をここから遠く離れた、異国の教団支部に回してもらうことも出来ますが……」

「……ミレア様のことは、そっとしておいてあげてください」

ミレアのことを考えると、今でも動悸が速くなる。

彼女から受けた仕打ちを許すことは出来なかったが、今回はミレアの動きがなければ、もっと困った事態に陥っていたかもしれなかった。

（もちろんミレア様が、私を思いやって行動したわけじゃないことはよくわかっているけれど……）

それでも結果的に、フィオーラが助けられたのは事実だ。

この先、ミレアが今までの自分を捨て、シスターとして生きるのなら、フィオーラはそれで良いと思えたのだった。

「ハルツ様、色々とお教えいただき、ありがとうございました」

「こちらこそ、彼女のシスター生活を認めてもらえてありがたいですよ。……ミレア様の所業については、私も一切擁護しませんが、俗世との関わりを断ちたいと、教会の門を叩き縋り付く気持ちはわかりますから……」

遠い昔を懐かしむように、ハルツが瞳を細めている。

（ハルツ様はやっぱり、何らかの理由で貴族の地位を捨てて、神官になったのかしら……）

穏やかで、全てを受け入れるような温かい雰囲気を持つハルツ。

そんな彼にも、本人にしかわからない過去や苦しみがあるのかもしれないと、フィオーラは感じ取ったのだった。

そんなフィオーラに、今まで以上に真剣な顔をしたハルツから、衝撃の事実が告げられた。

「国王陛下はセオドア殿下のことを、廃嫡なさるそうです」

「廃嫡……」

一伯爵令嬢であったミレアの身の振り方と比べものにならない、王族の進退に関わる話だ。

フィオーラは恐る恐る、ハルツへと尋ねた。

「……私の誘拐事件の、責任を取るためでしょうか？」

「もちろん、それが一番大きな理由です。今回の事件に、国王陛下や国の上層部は関わっておらず、セオドア殿下の独断専行だったそうです。以前から慕っていたフィオーラ様を手に入れ、世界樹であるアルム様の力をも手中に収めようと、暴走してしまったようです」

セオドアの暴走。

彼の危ういまなざしを思い出し、フィオーラは小さく唾を呑み込んだ。

セオドアは決して、フィオーラを憎んでいたわけではなかった。

愛していたからこその行動。しかし彼の瞳には、フィオーラ本人は映っていなかった。自分の思い描く理想の女性を、フィオーラに押し付けていただけだ。

（思えばセオドア殿下……いいえ、セオドアに対しては、前から苦手意識があったわ……）

セオドアは、家族に虐げられていたフィオーラに優しくしてくれていたが、なぜか心を許すことが出来なかった。

苦手意識の理由は、セオドアが義母リムエラやミレアと同じ、金髪紫眼の持ち主だからと思い込んでいた。

（でも、違った。教団で出会ったタリアさんも金髪紫眼だったけど、打ち解けることが出来たもの）

セオドアへの心の壁が消えなかったのは、彼の危うい本性を薄々感じ取っていたからかもしれない。今のフィオーラには、そう思えてならないのだった。

「……セオドア殿下は廃嫡された後、どうなさるおつもりなのでしょうか？」

「王都からは離れられるそうです。それが、廃嫡のもう一つの理由でもありますからね」

「もう一つの理由……？」

「あの木ですよ」

ハルツが窓を指し示す。

良く晴れた空に、巨木が葉をそよがせているのが見える。

今や、王都のどこからでも見ることができる、アルムが生み出した大樹だ。

「セオドア殿下はあの日以来、大きな木を見ると全身が震えるようになってしまったんですよ。それに加えて、高い場所に上ることもできなくなって、とても王都や王宮では暮らせないと、地方に下り静養なさることになったのです」

どう考えても、アルムに大樹から落とされた影響だ。

巨大な樹木と、高所に対する恐怖症。

「それと、これは公にはされていませんが……。どうもセオドア殿下は、フィオーラ様に対しても、拒絶反応が出るそうです」

「私に対する、拒絶反応……」

「フィオーラ様の名前が耳に入ると、『あんな野蛮な女だと思わなかった。醜い化け物使いは近寄るな』、と。聞くに堪えない罵詈雑言を吐きながら震えているそうです」

「…………」

もはや何と言っていいか分からないフィオーラだった。

「……やっぱりあいつ、もう一度木の上から落とそうか？　今度は命綱はなしで」

無表情で呟くアルムの声と、

「女に振られた腹いせに、女を下げる男はロクな奴じゃないわよ」

小声で毒づくモモの声が耳に入る。

「アルム、落ち着いてください。……私は、これで良かったと思います」

王都で暮らせなくなったセオドアは気の毒だ。

だが、彼がフィオーラのこともまとめて嫌ってくれたおかげで、これ以上執着されることはなくなった。

廃嫡となる以上、王太子の時のように人を動かすのも不可能だ。

この先セオドアが、フィオーラに何かすることは難しいはず。

フィオーラはほっと息をつき、誘拐事件に一つの区切りがついたことに安堵したのだった。

一方、その頃。

事件の当事者の一人である、リムエラは唇を噛みしめていた。

「フィオーラっ……!!」

リムエラから全てを奪っていく憎い仇だ。

金銭と名誉を奪われ、娘のミレアまでもがリムエラを見捨てて去っていった。

伯爵家の財産であった美術品、リムエラの誇るドレスのコレクションもほとんどが売り払われ、屋敷は寂しく空っぽだ。

リムエラに残されたのは、フィオーラへの憎しみだけだった。

それが八つ当たりでしかない、身勝手な怨恨であろうとも。

リムエラにとっては、身の内を焦がす憎悪の炎こそが真実だった。

「許さない……‼　絶対にあの娘を、幸せになんてさせないわ……‼」

どす黒い感情を吐き出し、リムエラは唇を吊り上げた。

リムエラにもう失うものは何もなかった。

望みはただ一つ。

フィオーラを――憎らしい女の娘であるフィオーラを、絶望へと叩き落すことだけだ。

どんな手段を使おうと構わない。

今までは保身を考え、使わなかった切り札だってあるのだ。

「待ってなさいよ、フィオーラ。母の因果が身を蝕むと、いずれ必ず思い知らせてやるわ」

哄笑を上げるリムエラ。

黒々とした誓いを聞き届けたのは、壁にかけられた古ぼけた額縁だけだ。


――リムエラのどす黒い執念がフィオーラの元に届くのは、しばし後のことになるのだった。

7章　小さな王子様と

「フィオーラお嬢様っ‼」

「ノーラっ‼」

久しぶりに見る侍女の姿に、フィオーラは笑みを浮かべ駆け寄った。

もう会えないかもと思っていただけに、再会の喜びもひとしおだ。

ノーラは今まで、ヘンリーの友人に匿われていたということだった。

ノーラに迫る危機を感じ取ったヘンリーが、手を回してくれていたのだ。

「ノーラにはこれから、フィオーラ様付きの侍女として働いてもらうつもりですが、よろしいでしょうか？」

「はい‼　ハルツ様、色々と手配していただき、ありがとうございました」

ハルツに礼を言い、さっそくノーラと共に、フィオーラに用意された部屋に向かう。

そこには当然、アルムもついてきたのだが。

「申し訳ありません。アルム様は男性です。部屋の外でお待ちいただけませんか？」

「ノーラ、アルムなら大丈夫よ。いつも一緒に部屋にいるもの」

「えっ……？」

ノーラが訝し気に固まっていた。

（やっぱり、そういう反応になるわね……）

年頃のアルムとフィオーラが、部屋を同じにしているのは異例の状況だ。

改めて指摘されると、やはり少し恥ずかしかった。

アルムには、下心がないと分かっているからこそ、フィオーラ一人が意識しているようで、余計に恥ずかしくなってしまう。

羞恥心を誤魔化すように、フィオーラは口を開いた。

「アルムと私の生活について、まだ聞かされてなかったのね。軽く説明すると――」

アルムと出会ってからの簡単な経緯と、アルムがフィオーラのことを守ろうと、常に付き従っていることを説明する。

ノーラは一通り話を聞き終えると、アルムに向かい大きく頭を下げた。

「フィオーラお嬢様の恩人と知らず、失礼をして申し訳ありませんでしたっ!!」

「気にしてないから、さっさと頭を上げてくれ」

無表情なアルムの言葉に、ノーラの背がびくりと震えた。

「ノーラ、怖がらないで。アルムは怒っているわけじゃないの。これがいつもの、彼の口調なのよ」

温度のない声のせいで、不機嫌だと誤解されてしまいがちだが、アルム本人に悪意や敵意はなかった。

フィオーラを害そうとしない限り、アルムは良く言えば寛容。おおらかと言える性格をしていた。

「そうだったんですか……。アルム様はお顔もお声もとんでもなく綺麗ですから、ただ普通にしているだけで、つい相手に身構えられてしまうのかもしれませんね」

笑顔を取り戻したノーラに、フィオーラはイズーとモモのことを紹介していく。

小動物が好きなノーラは、イズーともすぐに打ち解けたようだった。

揺れるノーラの一つ結びの髪に、イズーが楽しそうにじゃれている。

一通り親交が深まった後は、今後の予定についてノーラに話すことにした。

「私たちはしばらく、この王都の教団支部に滞在するつもりよ。いつまでここに居るかはわからないけど、短くても一か月はここにいると思うわ」

セオドアとの一件があってから十日目。

ようやく少しずつ、王都も落ち着きを取り戻してきたようだった。

王都に大樹を出現させたことで、アルムの力が多くの人に知られることとなった。

教団には今日も、各方面からの問い合わせが舞い込んでいるようで、ハルツも忙しそうにしている。

（私も、せっかく樹歌が使えるようになったのだから、誰かの力になりたいな……）

王都は平和だが、今の世界樹の力が弱まるにつれて、黒の獣の被害が拡大しつつあった。

そんな場所では、フィオーラの樹歌が役立つはずだが、現実はなかなか上手くいかない。

フィオーラの、そしてアルムの持つ力の大きさが知られてしまったせいだ。

もし今、うっかり王都を歩いたら人々の注目を浴び、取り囲まれ動けなくなってしまうに違いない。

だからと言って、王都の外に出ることは、国王が難色を示しているらしく、教団の上層部との話し合いが、今まさに繰り返されているらしい。

アルムの主となり、巨大な力を得たとはいえ、政治に関してフィオーラは素人だ。

勝手に動き回り、ハルツらに迷惑をかけることも憚られて、大人しく教団の建物の中に閉じこもっていた。

(早く、外に出たいな。……ゆくゆくは、今の世界樹の元を訪れる必要もあるみたいだし……)

今の世界樹の力は衰えてきている。

数年のうちに今の世界樹の元をアルムが訪れ、代替わりの儀式を行う必要があると聞いている。

まだ切羽つまった話ではないが、旅の途中でどんな不測の事態に見舞われるかわからないため、急がなければならなかった。


フィオーラの思いとは裏腹に、それから十日間が、外に出ることもなく過ぎていった。

籠の鳥だが、ただぼんやりとしているわけにもいかなかった。

礼儀作法、国の歴史、千年樹教団の教義と組織のあり方……。

様々な知識教養を、フィオーラは叩きこまれていた。

世界樹の主として公の場に出た際、無学では恥をかくだろうという、教団側からの計らいだ。

(つ、疲れました……)

ぐったりと、フィオーラは長椅子にもたれかかった。

勉強は嫌いではない。知識を得る機会を与えられ、ありがたいとも思っている。

だがしかし、短期間で一通りの教養を叩きこむべく組まれたスケジュールは過密だった。

「フィオーラお嬢様、お疲れ様です。紅茶をお飲みになりますか？」

「ありがとう。助かるわ」

ノーラの手から、紅茶の茶器を受け取る。

口にすると少しだけ、疲労がまぎれる気がした。

ついさっきまで、みっちりと淑女の礼儀作法を学んでいたところだ。

その間イズーは退屈だったせいか、今は膝の上に乗ってじゃれている。

モモはそんなイズーのことを、『落ち着きのないお子様ね』と言わんばかりに冷めた目で見つめ、尻尾を枕に丸くなっていた。

「フィオーラ、ただいま。今日の分の薔薇を持ってきたよ」

ふわりと漂う香りと、薄紅の薔薇を携え、外出していたアルムが帰ってきたようだ。

「フィオーラ、今大丈夫かい？」

「はい。お願いしますね」

答えると、アルムが薔薇を一輪、そっとフィオーラの耳上の後ろの髪に差し込んだ。

真剣な目で、薔薇の位置を調節している。

長い指が優しく、フィオーラの髪へ触れていた。

（やっぱり、何度経験しても緊張するな……）

フィオーラは、ほんのりと頬を赤くしていた。

若葉色の美しい瞳が、じっとフィオーラを見るのだ。

甘い薔薇の香りと、アルムの森の木々を思わせる香りが混じりあい、くらりとしてしまいそうになる。

フィオーラが鼓動の高鳴りを感じていると、アルムの口から小さく樹歌が流れ始めた。

すると、髪に挿された薔薇の蔓がしゅるしゅると伸びていき、フィオーラの髪にしっかりと絡まっていく。

「うん、こんなものかな。これなら、簡単に髪から落ちないはずさ」

出来栄えに満足するように、アルムがそっと呟いた。

顔には小さな、でも柔らかな笑みが浮かべられている。

「良く似合ってる。フィオーラは今日も可愛いね」

「…………っ」

真正面から褒められ、優しく微笑まれ。

赤くなった顔を誤魔化すように、フィオーラは薔薇に触れた。

まだ瑞々しい花弁が、指先に触れ揺れ動く。

(平常心、平常心……)

アルムが薔薇を髪へと飾ってくれたのは、何も甘い理由ではないのだ。

この薔薇は中庭の一角を借り、フィオーラが樹歌で蕾にまでしたもの。

育つ過程でフィオーラの力が注がれているので、切り花にしてからもしばらくの間は、容易く樹歌を働かせることができた。

樹歌で蔓を伸ばし、鞭のように操れば、即席の護身具になるのだ。

もし万が一、アルムやイズーたちのいない場所で不審者に襲われても、身を護ることができるように、と。そんな理由で飾られた薔薇だった。

（……そう。この薔薇に、それ以上の意味はないはず……）

なのに緊張して照れてしまうのは、ただただフィオーラ側の問題だった。

薔薇はつみたてである程、樹歌の効果を強く発現させることができる。

だからこそ毎日、アルムは新しい薔薇を持ってきて、フィオーラの髪に挿してくれるのだった。

「もうっ。あんたたち二人して、甘い空気を醸し出しちゃって。のろけるんなら、二人きりの時にしなさいよ」

半目になったモモが、呆れた様子でつっこんだ。

ノーラが紅茶を下げるため部屋を出ていったため、しゃべれないフリは止めたようだった。

「モモ、違います。私が一人で照れてしまっただけで、アルムは真面目に、私の安全に配慮してくれているだけです」

「ほんと～に～？　本当にそうなのかしらアルム～？」

「やめろ。勝手に乗るな」

モモがアルムの肩へと飛び乗り、指で頬を突っついている。

アルムはモモをつまみ上げると、机の上へ放り投げた。

おしゃべりでお節介で、ちょこまかと動くモモのことを、アルムは少し苦手に思っている節がある。嫌っているわけではないが、自分のペースを乱されるように感じているらしい。

（……少しだけ、おもしろいな）

神にも等しい力を持つ世界樹の化身らしく、アルムは人の姿をとっていても、どこか超然とした雰囲気を纏っていた。

しかしそんなアルムでも、苦手な相手はいるのだと思うと、妙におかしくなった。

「ちょっとあなた、いきなり笑いだして、どうしちゃったのよ？」

「モモとアルムが、可愛いと思ったの」

笑いながら言うと、アルムがわずかに眉根を寄せ呟いた。

「可愛い……。褒められた？　嬉しいような、でも違うような……おかしいな」

「複雑な男心って奴ね～」

茶化すモモに、イズーがじゃれかかってきた。

「きゅきゅっ‼」

「もうっ！　いきなり飛びついてきたら、せっかく整えた毛並みが乱れるじゃない！」

モモは文句を言いながらも、イズーの相手をしていた。

イズーはここのところ、フィオーラに甘えている時以外は、モモと遊んでいることが多かった。

同じ精霊樹から生まれた、兄弟のような精霊はいたが、その精霊たちに対してイズーは、兄のように振る舞っていた。

モモという気軽な遊び相手ができて、イズーは嬉しいようだった。

（イズーたちを見てると和むなぁ………）

フィオーラは頬を緩めた。

もふもふとした精霊同士のじゃれ合いを見ていると、部屋の扉が鳴らされた。

――ハルツだった。

「私が、王宮に……？」

「はい。ぜひ一度お越しいただきたいと、国王陛下が仰っています」

フィオーラにとって王宮は、それこそ雲の上のような遠い場所だ。

伯爵家に生まれたとはいえ庶子だったため、一度も王宮の門をくぐったことはなかった。

国王直々に王宮に招待されるなんて、今から緊張してしまいそうだ。

「心配なさらなくても大丈夫です。フィオーラ様は世界樹であるアルム様の主です。相手が国王陛下であっても、一方的にへりくだる必要はありません。王宮に招かれた際の、礼儀作法だって問題ありません。ここのところの学習で、立派に形になっています」

もっともそのこともあって、こんなにも早く王宮に招かれることになったのですが、と。

ハルツが申し訳なさそうに眉を下げている。

「……それは、どういうことでしょうか？」

「フィオーラ様は何も悪くありません。ただ、教団の内部には、早くフィオーラ様を外部に向けて正式に披露するよう主張する一派がありまして……。その内の一人が、フィオーラ様の学習の進捗状況を教師から聞き出してしまったのです。フィオーラ様は優秀な生徒でした。驚異的な速さで礼儀作法を学び成長しているので、今なら国王陛下の御前に出ても大丈夫だと、教師たちも判断したそうです」

「先生たちがそんなことを……」

学習の成果が認められ、フィオーラは嬉しくなった。

教師たちはとても厳しかったが、その分しっかりと身についていたようだ。

王宮に対する畏れはあるが、たくさんの人間がフィオーラのために動いてくれている。

世界樹であるアルムの主になった以上、いずれは王族とも、関わらなければならないだろうと覚悟もしていた。

「……わかりました。国王陛下からのご招待、喜んでお受けしたいと思います」

招待状が届いてから五日後。

準備を整えたフィオーラは、アルムらとともに王宮へと向かうことになった。

「きゅいっ？」

馬車の中で、イズーがはしゃぎ回っている。

久しぶりのフィオーラとの外出に楽しそうなイズーの首には、ぐるりと青いリボンが巻かれていた。

イズーは精霊だが、見た目はイタチとそっくりだ。

よく見れば、左前脚に精霊の証である花が一輪咲いているが、初見ではやはりわかりにくかった。

青いリボンは、野生のイタチと勘違いされないためのものだ。

緊張感の欠片も感じさせないイズーを見ていると、フィオーラも少し気が楽になった。

「心配せず、どーんと構えてればいいのよ。どーんとね。女は度胸なんだから」

ドレスに隠れたモモの声がした。

モモにも念のため、首に赤いリボンを巻いてある。

出かける前に、鏡の前で丹念にリボンの結び目を確認するモモの姿は、まるで夜会の準備に励む貴婦人のようだったのである。

「おぬしが、新たなる世界樹の主となったフィオーラ・リスティスか」

呼びかけに、フィオーラはドレスの裾を引き礼をする。

付け焼刃な礼儀作法だが、教えられた通りに出来たはずだった。

眼前に座すのは、ティーディシア王国の第13代国王、バルクメル・ティーディシアその人だ。

国王は、息子であるセオドアよりもやや色の濃い金茶の髪をした、気さくな初老の男性だった。

思ったより親しみやすそうな雰囲気だ。

一国の国王であり、あのセオドアの父だからと、前日の夜からずっと緊張していたが、取り越し苦労だったのかもしれない。

「こたびは馬鹿息子のセオドアが、多大な迷惑をかけてしまいすまなかったな」

「畏れ多いお言葉です。こちらこそ、陛下の足元である王都に、いきなり大樹を出現させてしまい、驚かせてしまったかと思います」

「ははっ、気に病まんでも良いぞ。待ち合わせに良い目印が出来たと、王都の民たちも喜んでいたからな」

和やかに会話を続ける。予定通りの流れだ。

フィオーラには、事前に国王の手の者から、謁見の際にどんな話題を持ちかけられるか通達されていたので、ある程度受け答えの準備ができていた。

国王側としても、フィオーラたちとは良好な関係を築いていきたいようで、セオドアの件に触れることはなかった。

「……ふむ。しかし喜ばしいことだな。新たなる世界樹の主がわが国民の中から選ばれ、しかもかように美しい乙女だったとは、わしにとっては望外の幸運だ」

国王はフィオーラを褒め称えると、アルムへと話を向けた。

「して、その方が、次代の世界樹であるのだな？　銀に緑の色が滲む髪とは、世界に二人といないであろう、稀にして麗しい姿をしているな」

「初めまして、陛下。僕は人間じゃないから、称賛の言葉は不要だよ」

国王に対しても、アルムはいつも通りだった。

無表情で淡々と、投げかけられた言葉に返答していた。

国王に対するものとは到底思えない振る舞いに、フィオーラは心配になってしまったが、国王に気分を害した様子はなかった。

アルムは人ではないし、格で言えば王に勝るとも劣らない世界樹だ。

国王と対等な物言いで接しても、許されるようだった。

アルムと国王のやり取りを見守っていると、再び会話がフィオーラへと振られた。

「フィオーラよ。おぬしの年は、十七歳であっているな？」

「はい」

少し恥ずかしくなり、フィオーラは身を縮こませた。

フィオーラは長年の家族からの冷遇が祟って、発育が人より悪かった。

最近は、食事事情なども改善されマシになってきたが、同じ年の令嬢と比べるとまだ、十七歳には見えないのかもしれない。

王の御前で失礼がないように精一杯着飾っていたが、かえって肉体の貧弱さが目立つのかもしれなかった。

「ん？　どうした？　何か気にかかることでもあるのか？」

「いえ、すみません。大丈夫です」

「そうか。あまり、暗い顔をするでないぞ。おぬしは十七歳。花も恥じらう年頃だ。おぬしにだって、好いた相手の一人や二人おるだろう？」

……なるほど、この話題につなげたかったのか、と。

フィオーラは無言で納得した。

十七歳は結婚適齢期の真っただ中だ。フィオーラを味方に引き入れようとするなら、婚約を考え付くのは自然な流れだ。

「……残念ながら、私にさような話はございません。つい先日、婚約者との関係は白紙に戻りましたし、しばらくは独り身の自由を満喫したいと思います」

「……そうか。うむ。ならば仕方がないな」

国王はあっさりと引き下がった。

しかしフィオーラはいずれまた、この問題に直面することを予感したのだった。

国王との謁見を終えたフィオーラは、王宮の奥庭へと招かれていた。

奥庭の一角、美しく整備されたその場所に、一本の木が聳え立っている。

以前よりこの国に存在する、ただ一本の精霊樹だ。

(この精霊樹に精霊を実らせれば、より多くの人を黒の獣から守れるはず……)

それが、国王の告げた願いだった。

教団の上層部は当初、フィオーラの力を出し渋っていたが、国王の要請を引き受けることで、王宮に貸しを作ることにしたらしい。

フィオーラとしても、自分の力が役立つのは願ってもいない状況だ。

精霊樹の幹に触れ、思いを込め樹歌を歌いあげる。

今日フィオーラが実らせた精霊には、王都から丸二日ほどの距離にある、黒の獣の被害が多い地域に向かってもらう予定だ。

遠くへと向かうならば、大型で足が速い獣の姿の精霊がふさわしいはず。

(馬……それか、体が大きい精霊だといいな……)

そんな願いが通じたのか、実ったのは大きな、フィオーラの背丈ほどもある銀の果実だった。

フィオーラが王宮の精霊樹に銀の果実を実らせ、十日が過ぎていた。

順調に行けば今日にでも、精霊が生まれるはずだ。

どのような精霊が生まれるかを確認するため、フィオーラは王宮に足を運んだ。

王宮の奥庭を進み、精霊樹へと近づくと、ふいに小さな人影を見つけた。

(子供？　こんなところに？)

奥庭は国王の命令で人払いがされている。

貴族と言えど、入り込むことは出来ないはずだが……。

「あのお方は……」

フィオーラたちに付き従っていた、王宮の衛兵が顔を強張らせる。

潜り込んでいた子供に、心当たりがあるようだ。

「？　なんだおまえたちっ‼」

子供の方も、こちらに気づいたようだった。

「こんなところで何をしている⁉　ここは立ち入り禁止だぞ⁉」

小さな肩を怒(いか)らせながら、七、八歳ほどの赤毛の少年が近寄ってくる。

見るからにやんちゃそうだが、着ている衣服は上等だ。

「エミリオ殿下(でんか)こそ、こんなところで何をされているのですか？　早くお部屋に帰られるべきです」

「失礼だなっ‼　僕は崇高(すうこう)なる目的のために、ここにやってきたんだぞ⁉」

エミリオと呼ばれた少年が、腰(こし)に手を当て胸を張った。

『崇高なる』という部分にだけ、やけに力が入っている気がした。

覚えたての難しい言葉を口にできて、得意になっているのかもしれない。

（エミリオ殿下……。この国の一番年下の王子、だったよね……？）

確かに王子らしく、幼いながらもなかなかに偉(えら)そうな口調だ。

王宮で暮らしている王子ならば、警備の目をすり抜(ぬ)けることも簡単なのかもしれない。

「おい‼　そこの棒女‼」

「……私のことでしょうか？」

フィオーラはエミリオと視線を合わせた。

棒女。

凹凸(おうとつ)の少ない体を見てそう呼ばれたようだ。

悲しくなるが、相手は子供だし、この国の王子だ。

礼儀(れいぎ)にのっとり微笑(ほほえ)んでみせると、ぷいと目を逸(そ)らされてしまった。

「ぼ、棒女、早くここから出て行けよ‼　これからここで精霊が生まれるんだぞ⁉」

「はい。存じ上げています。それを見届けるために、私はやってきたんです」

「なんだと⁉」

「申し遅れましたが、私が陛下から精霊の件を任された、フィオーラと申します」

「おまえがあのっ⁉」

信じられないといった顔で、エミリオが呟いた。

「おまえがあの、セオドア兄上をぶん殴ったという女傑なのか？」

「女傑……」

いったい、自分の噂はどんな尾ひれがついて、王都を泳ぎ回っているのだろう？

フィオーラが疑問に思っていると、エミリオが近寄ってきた。

上下左右あらゆる角度から、無遠慮にフィオーラのことを観察してくる。

「嘘だろう……おまえみたいなきれ……棒女が、あのセオドア兄上に勝ったとか……。棒女、おまえどこかに武器でも隠し持ってるのか？　その場で飛び跳ねてみろ棒女。隠し武器を見つけてや────うわっ？」

エミリオの声が高く上へと昇っていく。

蔓で縛られ、持ち上げられたようだ。

「フィオーラ、こんなやつほっといて先へ行こう」

「このっ‼　おまえ何するんだ？　僕は王子だぞ⁉」

「だから何だい？」

エミリオの叫びを、アルムは一顧だにしなかった。

「王子なら、人を失礼なあだ名で呼んでも構わないと言いたいのかい？」

「ふざけるな‼　棒女を棒女と呼んで何がわる――――うわぁぁぁぁっ⁉」

エミリオの悲鳴が響き渡る。

アルムの樹歌に操られた蔓が容赦なく、生意気な王子の体を振り回す。

「やめて、アルム。落ち着いて。そろそろ殿下、目が回って吐きそうよ」

「……仕方ないな」

エミリオが蔓から解放される。

座り込んだエミリオは、うなされるように口を開いた。

「へ、変なあだ名で呼んで、すみませんでした……」

涙目で、フィオーラとアルムに頭を下げるエミリオ。

「あの殿下が、素直に謝るなんて……」

衛兵が小声で呟いた。

……普段エミリオは、どれだけわがままなのだろうか？

「フィオーラ、早く精霊樹へ向かおう。もうすぐ精霊が生まれそうだ」

アルムに急かされ歩き出す。

べそをかくエミリオも、衛兵に支えられながら、フィオーラたちのあとをついてきた。

（……今にも、精霊が飛び出してきそうね）

精霊樹から下がった精霊の実には、既に何本ものヒビが走っていた。

中から卵の殻を叩くような音がして、ヒビが大きくなっていく。

フィオーラが近づき、精霊樹へと手を触れる。

するとヒビ割れから蛍のような光が舞い散り、一陣の風が吹き出した。

「ぶるるっ‼」

風がおさまり、力強いいななきがあがった。

銀のたてがみをたなびかせた馬が、静かな瞳で立っている。

しなやかな筋肉に覆われた体は、彫刻のように美しい。

生まれたての精霊は一、二度頭を振ると、面長の顔をフィオーラにすり寄せてきた。

「かっこいい……」

その様子をじっと見ていたエミリオが、陶酔したように精霊へと手を伸ばした。

「殿下、もしかして、精霊に触りたくて忍び込んできたのですか……？」

フィオーラの声も耳に入らないのか、エミリオは精霊にぐいぐいと近づいていく。

しかし、精霊が前脚で地面を鳴らすと、びくりと動きを止めてしまった。

エミリオは精霊と、そしてフィオーラとを交互に見つめた。

「……僕は今日、新たに生まれる精霊に、王子自ら祝福を与える崇高な任務のためにきてやったんだ」

……もったいぶった言い回しをしているが、要約すると精霊を撫でたいということのようだ。

「……殿下が触っても良いですか？」

フィオーラは精霊へ問いかけた。

精霊はけぶるような長いまつ毛をまたたかせた後、フィオーラに頷いてくれた。

「殿下、優しく柔らかく、そっと撫でてあげてくださいね」

「わ、わかった‼」

おっかなびっくりといった様子で、エミリオが精霊に手を触れた。

背伸(せの)びをし、首元から胴体(どうたい)へと、ゆっくりと掌(てのひら)で撫でおろす。

瞳を輝(かがや)かせ、エミリオが夢見心地(ごこち)で呟いた。

「これが、この国を守ってくれる精霊……」

(殿下のお気持ち、私もちょっとわかるわ)

イズーたちをのぞけば、この国で最後に精霊が生まれたのは、今から五十年以上昔に遡(さかのぼ)る。

子供たちにとって、精霊は半ばおとぎ話のような憧(あこが)れの存在だ。

フィオーラも母が生きていた頃(ころ)は、精霊に触ってみたいと願ったことがある。

今のエミリオは、その頃の自分を見ているようで微笑ましい。

(殿下と呼ばれ敬われていても、まだまだ子供だものね)

エミリオは、頬を上気させ嬉しそうだ。

精霊を十分に撫でた後、ふいにフィオーラを見上げた。

「ありがとうぼう……フィオーラ」

「こちらこそ、名前で呼んでいただきありがとうございます」

微笑(ほほえ)みかけると、何故(なぜ)かまた顔を逸らされてしまった。


――――あの殿下が、謝ることに加え感謝の言葉を口にするなんて、と。

衛兵がざわつくのが聞こえたのだった。

終章　この手を握って

誕生した精霊は、しばらく精霊樹の近くで体を慣らした後、黒の獣の退治へと向かうようだ。

フィオーラは精霊が旅立つまでの間毎日、精霊樹のある王宮の奥庭に足を運ぶことにした。

「走るのが早そうな、馬の精霊が生まれて良かったです」

王宮からの帰りの馬車で、フィオーラは精霊の姿を思い出していた。

あの精霊なら、遠く離れた地へも駆けて行けそうだ。

「精霊が馬の姿で生まれたのは、フィオーラがそう願ったからだよ」

「……私が？」

「あの精霊は、フィオーラの樹歌の力で生まれたんだ。樹歌とは歌に乗せ願いを伝える方法だと以前言っただろう？　だからこそ、フィオーラの願いに応じた精霊が生まれてきたんだ」

アルムの説明に、フィオーラは小さく身を震わせた。

（私、責任重大ね……）

精霊の誕生は嬉しいけど、それを成したのが自分だと思うと、なんだか身がすくむようだ。

「怯えなくても大丈夫だよ」

フィオーラの手に、そっとアルムの手が重ねられた。

「人間は、不安な時、こうすると落ち着くんだろう？　だから、大丈夫さ。フィオーラの傍には、ずっと僕がいるからね」

「アルム……」

重ねられた手をフィオーラはそっと握り返す。

ただそれだけの、ほんの小さな動作だったけれど。

フィオーラの心が、温かなものに満たされていく。

（私は一人じゃないわ……）

アルムがいて、イズーがいて。エミリオとも知り合って。

ヘンリーやハルツ、サイラスも、フィオーラのことを守ろうとしてくれていた。

ノーラやモモはおしゃべりで、一緒にいるだけで楽しかった。

……母を亡くし、義母たちに虐められている時は、暗闇の中に蹲っているだけだったけれど。

（今は、違う。アルムの主として、一緒に歩いて行けるわ）

胸に温かいものが満ちるのを感じ、フィオーラはアルムの手を握り返した、
自分たちがこの先どうなるのか、それはまだわからなかったけど。


――この手を放したくないと、フィオーラはそう願ったのだった。

番外編　精霊たちの住まい探し

「すごい、まるで、雲を撫でているみたいです」

もこもことした毛に両掌を埋め、フィオーラはうっとりと呟いた。

少し掌に力を加えると、どこまでも沈み込んでいきそうだ。

「やわらかくて、気持ちいい……。それに毛の色も真っ白で、とても綺麗です」

「めぇ～～」

中庭でフィオーラに撫でられていた羊が、のんびりと声をあげた。

どこか嬉しそうな羊は、ただの羊ではなく精霊だ。

二日前、フィオーラの樹歌により生まれた精霊は、フィオーラにとても懐いていた。

見た目は普通の羊とそっくりだが、右耳に黄色の小花がついているのが精霊の証だ。

毛の色も、埃や泥で茶色がかってしまう普通の羊とは異なり、良く晴れた日の雲をまとっているかのように白かった。

（さすが、精霊様。樹歌か何かで、体を綺麗にしているのかしら？）

羊型の精霊を撫でながら、フィオーラは一人感心していた。

樹歌とは、世界樹の使う奇跡の力だ。世界樹の力を分け与えられた精霊たちもまた、樹歌を使い様々な奇跡を引き起こすことができるのだった。

「羊の精霊様、あなたは、どんな力が使えるんですか？　その美しい白い毛も、樹歌のおかげなんですか？」

問いかけると、羊型の精霊がとことこと歩き出す。

フィオーラから少し距離を取る。精霊が軽く体を震わすと、全身を覆う白い毛が、一際白く光り輝いた。

「水っ!?」

ざばぁ、っと。

樹歌により生み出された水が、精霊の真上から降り注ぐ。

大きな鍋をひっくり返したような水に打たれ、精霊の全身がびしょ濡れになっていた。

「……濡れると、意外と小さくなるんですね」

ふかふかだった毛がしんなりと萎み、まるで別の生き物のようだった。

水を吸った毛が重そうだなとフィオーラが見ていると、

「きゅいっ!!」

「ぴいっ!!」

イタチ型の精霊イズーと、赤茶色の小鳥の姿をした精霊が、羊型の精霊の近くへと寄っていく。

二体は羊型の精霊を見上げると、軽く目配せをしあった。

イズーの尻尾と、小鳥型の精霊の嘴が光る。樹歌を使う前兆だった。

「わぁ……!!」

羊型の精霊の、濡れそぼった毛がぶわりと風になびいた。

イズーが風を吹かせ、小鳥型の精霊が、嘴に炎を宿し飛び回っている。

炎の影響で風は温風となり、羊型の精霊の毛並みに吹き付けていく。

「あっという間に、乾いてしまいましたね……」

羊型の精霊はしんなりとした姿から一転、もこもことした毛並みを取り戻していた。

撫でてみると、温風をたっぷりと浴びた毛が、ほのかに温かく気持ちよかった。

「きゅきゅっ‼」

「ちるるっ‼」

ふかふかの毛並みの立役者であるイズーと小鳥型の精霊が、

『すごいでしょ？　褒めて褒めて‼』

といった様子でフィオーラに体をすり寄せてきた。

「みんな偉いです。お互いに力を合わせて、仲良しなんですね」

羊にイタチ、それに小鳥。

見た目はバラバラでも、互いの樹歌を使い、助け合っているようだ。

フィオーラはイズーたちを撫でながら、視線を横へと流した。

（確かアルムによると、同じ一本の精霊樹から生まれたここの精霊様たちは、兄弟みたいなもの、なのよね……）

フィオーラの視線の先には、イズー達の生まれた精霊樹と、その幹に背中を預けるアルムの姿があった。

アルムは瞳を閉じ、じっと動かないままだ。

毛先にいくにつれ緑色がかっていく銀の髪が、人ならざる不思議な色合いで美しい。風が一瞬強く吹き、毛先が額を叩いても、アルムが目を開くことはなかった。

（ぐっすり眠れているみたいで良かった……）

フィオーラは軽く胸を撫でおろした。

世界樹の化身であるアルムに、毎晩の眠りは不要だ。

だがそれでも、定期的に意識を休める必要があるらしい。世界樹の化身だけあり、その気になれば数十日は不休で動き続けられるようだが、休める時に休んでほしかった。

（アルムは今まで、休もうとしていなかったもの……）

フィオーラに対し、アルムはとても過保護だ。

一時も離れようとせず、常にフィオーラを守ろうとしている。

寝台に横になり仮眠状態になることはあっても、常に意識の一部は覚醒させていたのだ。

（ずっと気を張っているようで、心配だったものね……）

睡眠不足は辛いものだと、フィオーラは嫌になるほど知っている。

アルムは問題ないと言っていたが、それでも気になっていたのだ。

「……でも、イズーたちのおかげで、アルムも眠ってくれたみたいね」

「きゅっ!!」

イズーの、茶色い体を撫でながら呟く。

精霊であるイズーたちに囲まれたフィオーラを、人間が害することは難しい。

おかげでアルムも、精霊たちにフィオーラを任せ、一時の休息を受け入れたのだった。

(数日後には王都に向かうために、また忙しくなりそうだし……。今だけでも、アルムには休んでいてもらいたいわ)

アルムの眠りの深さを確かめるように、フィオーラは様子を窺った。

銀色のまつ毛が風に揺れ、きらきらとした光を弾いている。

通った鼻筋に、すっきりとした輪郭。眠っていてなお、アルムはとても美しかったが、フィオーラにはどこか違和感があった。

(なんだろう……?)

疑問を覚え、アルムの顔を覗き込んだ。

しばらく観察していると、唇が軽く開かれたまま、動いていないことに気が付いた。

(あ、そうか。呼吸をしていないのね)

よく見れば、唇だけでなく胸元も、呼吸による動きが全く見受けられなかった。

美しい青年にしか見えないアルムだが、彼は人間ではなかった。

肺や口を介して呼吸せずとも、生きていけるに違いない。

『アルムは呼吸をしていますか?』

などと、人間であったら当たり前の事柄を質問することもなかったから、今まで気づかなかったのだ。

新発見をしたフィオーラだったが、

「……え?」

鮮やかな緑と目が合った。

アルムの瞳だ。

すぐ目の前で、ちょうどアルムが目を覚ましたようだった。

「っ、すみませ――――きゃっ⁉」

慌てて身を引こうと、体勢を崩してしまった。

あわや地面へ転ぶところを、強い力で引き寄せられる。

「フィオーラ‼」

アルムだ。

気づけばフィオーラは、アルムに抱きしめられていた。

「ありがとうございます……」

「急に叫んで、何かあったのかい？」

「……アルムの顔を、断りもなく近くで見ていましたから」

「？　それでなんで謝るんだい？　僕の顔が見たいなら、好きなだけ見るといいよ」

ずずいっと、アルムが顔を寄せてくる。

若葉を思わせる、鮮やかな緑の瞳が間近に迫り、フィオーラは思わず叫んだ。

「だ、大丈夫ですから‼　顔を離してください‼」

鼓動が早鐘を打っている。

アルムは親切心を発揮しただけだろうが、フィオーラの心臓に悪かった。

「アルムが呼吸をしていないなって、少し気になっただけなの」

「あぁ、それか。つい、忘れてしまっていたね」

「……忘れて？」

「そう、忘れていたんだ。今の僕は人間の姿に変化していて、人間は口から呼吸をしていないと不自然だろう？　だから、できるだけ呼吸の真似事をするようにしていたけど……。深く眠っていたせいでつい、呼吸を忘れていたみたいだ」

「……そうだったんですね」

なるほど、だから今まで呼吸に関してアルムに違和感を覚えなかったのだな、と。フィオーラは納得していた。

「意識しないと呼吸が止まるって不思議――んっ？」

「ききゅいっ‼」

スカートの裾をくいくいと、イズーが前脚で引っ張っていた。

「イズー、どうしたの？」

問いかけに対する答えは、

「誰か、こちらに来るみたいだね。この気配は……」

アルムから与えられた。

イズーとアルムの見る方向、中庭の入り口に茶色の髪をした青年、ハルツがいるようだ。

こちらへと近づいてきたハルツだったが、何故か足を止めてしまう。

どうしたのだろうと、フィオーラは疑問に思ったが、

「……あ」

アルムに抱きしめられたままだ。

ハルツからは、恋人同士の戯れのように見えたに違いない。

「ち、違います‼　これはそのっ‼　転びかけた私を、アルムが助けてくれただけです‼」

誤解を解くべく、慌ててフィオーラは立ち上がった。

スカートの裾を整え、ハルツの元へと歩み寄る。

「ハルツ様、何かこちらにご用でしょうか？」

「フィオーラ様は今、お時間よろしいでしょうか？」

「はい、大丈夫です」

「ありがとうございます。少し長くなりそうですので、応接室でお茶といっしょにどうでしょうか？」

「わかりました」

頷き、ハルツに続こうとすると、羊型の精霊が近くへ寄ってくる。

横長の瞳孔がじっと、フィオーラのことを見上げた。

まだ撫でられ足りないと、もっと遊んでほしいと訴えているようだ。

「めぇぇ……」

「ごめんなさい。また後で、ね？」

なだめるように、白い毛を右手で撫でてやる。

もこもことした感触に後ろ髪を引かれながらも、フィオーラは歩き出したのだった。

「精霊様達の割り振り、ですか？」

フィオーラの声に、サクサク、という音が重なる。

イズーがクッキーを食べる音だ。

お茶菓子として用意されたクッキーを、イズーはいたく気に入ったらしかった。

両手でクッキーを支え、夢中になって頬張っている。

（……イタチそっくりの姿だけど、人間の食事を楽しむこともあるのね）

イズーの姿に和みつつ、フィオーラは視線を正面へ、ハルツと教区長へと戻した。

「はい。フィオーラ様にも、ぜひ意見を伺いたくて」

「……精霊様がどこの土地に住まうかは、とても重大な事柄だと聞きます。そんなことに、私が口をはさんでしまって大丈夫なのでしょうか？」

「フィオーラ様だからこそ、です」

ハルツがイズーを見ている。

理知的な光を宿した瞳は垂れ気味で、穏やかな海を思わせる青色をしていた。

「イズー様をはじめ、精霊様たちはみな、フィオーラ様に懐いていらっしゃいます。だからこそフィオーラ様にも、精霊様たちに今後どの土地に向かってもらうか、意見を伺いたいんです」

精霊は一体一体、強い力を持っている。人を襲い死に至らせる黒の獣も、精霊が住まう土地には、近寄りづらくなるのだ。

そんな、人間からすればありがたいばかりの精霊だが、数は限られており希少な存在だ。

フィオーラの周りには今、イズーも含め十二体の精霊がいるが、異例中の異例と言っていい状態だった。

「こちらが、精霊様に向かってもらう候補地の村と町です」

ハルツが地図を広げた。

現在いる教会を中心に、二十数か所の印が、地図の上につけられている。

「精霊様は、生まれた精霊樹から遠く離れると力が弱まり、最悪の場合は消滅してしまいます。なので今回は、こちらの印がつけられた箇所のいずれかに、住んでいただく予定です」

「……精霊樹から離れると、消滅する……？　だったらイズーは大丈夫なんでしょうか？」

イズーはフィオーラに付き従い、王都まで一緒に来る気のようだ。

王都は二十数か所の印よりずっと、この教会から離れているはずだった。

「きゅいっ？」

イズーが首を傾げた。

クッキーに夢中で、話を聞いていなかったのかもしれない。

「イズー、あのね――――」

「大丈夫、問題ないよ」

アルムが口を開いた。

「イズーは、フィオーラと一緒に行動するんだ。力が弱まるわけがない」

「きゅっ‼」

イズーが大きく頷いた。

その拍子に、両手で持っていたクッキーから欠片が落ち、慌てて拾い集めている。

「フィオーラの近くに居れば、力が常に満ちていて、イズーも快適だと思うよ」

「……なるほど。いわばフィオーラ様は精霊様にとって、歩く精霊樹のような存在なのですね」

「……歩く精霊樹……」

ハルツの喩えに、フィオーラはなんとも言えない顔をした。

世界樹であるアルムの主になって、樹歌を使えるようになって。

それだけでも驚きの連続だったけど、いつの間にやらフィオーラには、更なる特性が身についていたようで、畏れ多いかぎりだった。

「んー、正しくは歩く世界樹かな？　なんたってフィオーラは、僕の主だからね」

「きゅきゅっ‼」

イズーが同意するように鳴き声をあげている。

クッキーを全て平らげ、手持ち無沙汰になったようだ。

じゃれてかまって、と。

体をすり寄せてくるイズーを撫でながら、フィオーラは地図を見つめた。

（精霊に住んでもらう場所……。どうやって決めればいいんだろう……）

精霊は動物に似た姿をしており、言葉こそ話せないが、知能は高いようだ。

人間の会話は理解できているし、フィオーラの頼みには、素直に従ってくれている。

(この先どこに住むかも、私が頼めば聞いてくれそうだけど……)

問題は、フィオーラではどこにどの精霊に住んでもらうべきか、まるで判断できないことだ。

印が打たれたいくつかの町の名前を聞いたことはあるが、しょせんはそれだけだった。

義母リムエラたちに虐(しいた)げられていたフィオーラの行動範囲(はんい)は、つい最近までとても狭(せま)かったのだ。

生まれ育った屋敷(やしき)から遠くへ行ったことはないし、町ごとその土地ごとの特徴(とくちょう)なども、ほとんど知識にないのだった。

思い悩(なや)むフィオーラに、一つの印が目に入った。

「レサン村……。ここも、候補地の一つなんですね」

この教会に来る前、黒の獣に襲われているところを助けた村だ。

見覚えのある名前に、フィオーラが目を留めていると、

「はい。レサン村には、フィオーラ様の生み出した薔薇(ばら)があります。そこでしたら、精霊様も力を養い、より多くの黒の獣を狩(か)れるのではないかと、候補地に入れさせてもらいました」

「そうだったのですね……」

フィオーラは少し考え込んだ。

レサン村には、アルムの血を分け与えた女性、ナンナがいるのだった。

(あれから何事もなければ、アルムの血でナンナさんの傷も完治しているはずだけど……)

気になった。

ナンナの息子(むすこ)であり、再会の約束をした少年、ザイザの存在もある。

フィオーラが咲(さ)かせた薔薇がどうなったかも、確認(かくにん)したいところだ。

「……ハルツ様。王都に向かう前に一度、レサン村へ行くことは可能でしょうか？」

フィオーラの望みはさっそく、翌々日に叶えられることになった。

二台の馬車を、ゆるやかに走らせること二時間ほど。昼前には、レサン村が見えてくる。

村の入り口から西にかけては、薄紅の薔薇が咲いていた。

薔薇の様子を近くで確認するため、フィオーラは馬車を止めてもらうことにする。

アルムと共に馬車を下りると、背後から足音が近づいてきた。

「聖女様……？」

変声期前の高い声。ザイザだ。

「ザイザ君、こんにちは。また会えて嬉しいけど……聖女様って呼び方はやめてくれますか？」

フィオーラは苦笑しつつ、ザイザの様子を観察した。

薔薇に水やりをしにきたのか、両手に水桶を持ち立っている。

突然の再会に驚いているようだが、暗くすさんだ雰囲気はないようだ。

「ナンナさんの怪我はもう治ったかしら？」

「お母さんだった、ら……」

ザイザが目を見開き固まっている。

熊だ。

巨大な黒い熊が、フィオーラたちを目掛け走り寄ってくる。

「っ、聖女様っ‼　危ない逃げてっ‼」

庇うように、ザイザがフィオーラの前に飛び出した。

迫りくる熊へ、足を震わせながらも立ち向かう。

しかし、ザイザの行動も空しく、熊はフィオーラへと飛び掛かり――――

「……え？」

ザイザが呆然と声を上げた。

目の前の光景に、理解が追い付かないようだった。

大柄な熊が、華奢なフィオーラに覆いかぶさっているが……それだけだ。

噛みつくでも、爪で襲い掛かるでもなく、ぴったりとフィオーラにくっついている。

「ふふ、甘えん坊ですね」

じゃれてくる熊……正確には熊型の精霊の喉元を、フィオーラは揉むように撫でてやった。

大きな体をした熊型の精霊だが、性格は人懐っこくかわいらしかった。

「その熊、なんですか……？」

「精霊様よ。体が大きくて馬車には乗れなかったから、馬車をゆっくり走らせてもらって、この子には走ってついてきてもらったの」

「精霊様……？」

にわかに、ザイザは信じられないようだった。

それも無理のないことだとフィオーラが思っていると、もう一台の馬車の扉が開かれる。

「にゃうっ!!」

「ぐるぅっ」

「わんわんっ!!」

「めぇぇぇ～～」

猫(ねこ)、猪(いのしし)、犬、羊……。

十体の精霊たちが、馬車から下りフィオーラの近くへ集まってきた。

猫とねずみ、狼(おおかみ)と鹿(しか)といった、普通の動物ではありえない組み合わせに、ザイザがぽかんと口を開けている。

「もしかして、全部、精霊様……?」

「はい」

「精霊様、いっぱい、なんで、この村に?」

衝撃(しょうげき)が大きかったのか、ザイザのしゃべり方がぎこちなくなっている。

フィオーラが事情を説明しようとしたところ、

「ザイザ、騒(さわ)がしいけどどうし――――聖女様っ!?　それに熊っ!?　狼に猪も!?」

ザイザの母親、ナンナが目を白黒させている。

小走りでやってきたナンナに、右脚を庇う仕草はなかった。

どうやら無事、傷は治ったようだ。

フィオーラは安堵(あんど)しつつ、先ほどのザイザ相手と同じように、聖女と呼ばないでほしいこと、精霊たちは安全だということを説明した。

「……そうだったんですね。わかりました。この精霊様たちは皆、フィオーラ様が連れてきたんですね」

「驚かせてしまい申し訳ありませんでした」

「こちらこそ、精霊様を獣扱いしてしまい、申し訳ありませんでした」

おっかなびっくりといった様子で、ナンナが精霊たちを見ていた。

「……精霊様たちにこの村を見せるためにいらっしゃったそうですが……私たちの村、レサン村はこの通り、ごくありふれた小さな村です。なぜ、精霊様達がわざわざこの村へ？」

「精霊様たちに、選んでもらうためです」

「選ぶ？」

「レサン村を気に入った精霊様がいたら、住んでもらおうと思うんです」

フィオーラ一人では、精霊をどの土地に住まわせるべきか、判断することが難しかった。

なのでフィオーラは、精霊たちに選んでもらうことにしたのだ。

精霊たちには、一体一体個性があった。

相性が良い土地に住んでもらえば、精霊たちもより幸せに暮らせるはずだ。

まず手始めに、ザイザとナンナへの訪問と一緒に、レサン村を精霊たちと共に訪れたのだった。

フィオーラはナンナたちと共に村長の家へと向かい、事情を説明していく。

「……というわけで、精霊様たちに村の中や周りを見せてあげたいんですが、よろしいでしょうか？」

「もちろんです‼　精霊様たちにご来訪いただけるなんて、光栄の至りですから‼」

村長が、光り輝くような満面の笑みを浮かべた。

精霊は貴重で、とてもありがたがられる存在だ。

そんな精霊がわが村に住んでくれるかも、と、期待に胸を膨らましているようだった。

村長の許可を得て、村人たちへと精霊のことが通達されることになる。

その後、フィオーラは精霊たちを村の中へと放った。

精霊たちは最初、フィオーラの周りを離れようとしなかったが、やがて一体二体と、村の中へと散っていく。

立派な知性を備えた精霊たちだが、生まれ落ちてまだ数日だ。人間の赤子と同じように、好奇心が強いようだった。

「めぇぇぇぇ～～～～」

「せ、精霊様⁉　何をなさるのですか？」

羊型の精霊が、通りすがりの村人の持つ鍬の匂いを嗅いでいた。

他にも何体もの精霊が、村人や村人の持つ道具に興味を示している。

大人の村人たちは畏れ多いといった様子で腰が引けていたが、子供たちは間もなく、精霊たちと打ち解け始めた。

「走るぞ‼　精霊様‼　あそこの木まで競走だ‼」

「わふっ‼」

ザイザも、犬型の精霊と仲良くなったようだ。

犬型の精霊は黒いたれ耳を揺らしながら、楽しそうに走り回っている。

「もうっ、ザイザったら、精霊様とあんなに親し気にしてしまって……」

額に手を当て呻くナンナに、フィオーラは笑いかけた。

「ナンナさん、大丈夫です。精霊様たちを恐れない、ザイザ君たちはありがたいです。精霊様たちに、この村を気に入ってもらいたいですから」

フィオーラは精霊たちの様子を見守りながら、村の中を歩き回った。

「……精霊様たち、初めて教会の外に出たせいか、大分はしゃいでいますね」

「僕も、彼らの気持ちはわかるかもしれない」

アルムがぽつりと呟いた。

（そうよね。アルムもついこの間まで、若木の姿だったもの……）

人の姿で歩き回れるようになったばかりのアルムにとって、見るもの全てが新鮮なのかもしれない。

そうほほえましく思っていると、

「フィオーラの近くにいると、僕も同じ気持ちになる」

「えっ？」

「こうして、自由に動く手足を手に入れて、フィオーラの近くにいられるようになって、とても嬉しかったからね」

目を細め、アルムがじっとフィオーラを見つめてきた。

揺らぐことのない瞳に、フィオーラの方が恥ずかしくなってくる。

「わ、私も、アルムが近くにいてくれると嬉しいです……」

人から好意を伝えられることになれていないフィオーラの、それが精いっぱいの答えだ。

気恥ずかしさを誤魔化すように、フィオーラは視線を左右にさ迷わせた。

「あ、向こうで、女性の方たちが集まっています。何をしているのでしょうか？」

アルムと共に足を向けると、女性たちは平たい石の上へ、布をかぶせる作業をしている。

観察していると、女性たちもフィオーラとアルムに気づいたようだった。

「ん？　何だい？　精霊様たちを連れてきた教会の人間かい？」

「かわいいお嬢ちゃんに、恐ろしく顔のいいお兄ちゃんだね」

「あたいがあと十歳若かったら、兄ちゃんをほおっておかなかったよ」

「ウソおっしゃい。あんたじゃ、二十歳は若返らなきゃ無理だって」

かしましくしゃべりながらも、女性たちは手を止めず、作業を続けているようだ。

「あのみなさんは、何をなさっているのですか？」

「これかい？　押し花を作るんだよ」

「押し花を？　こんなにもたくさんの方が作業しているということは、この村の名産品なんですか？」

「はは、違う違う。……いや、違わないかも？　ひょっとしたらこの押し花が、うちの村の名物になるかも？　なんたってこの花は、聖女様が咲かせた薔薇だからね」

「……そうだったんですね」

私がその薔薇を咲かせた人間です、と名乗りでることは戸惑われ、フィオーラはぎこちない笑みを浮かべた。

　そんなフィオーラの不自然な様子を気にすることもなく、女性たちは布の上へ、薄紅の薔薇の花弁を広げている。

（押し花作り、懐かしいな……）

　野に生えた花を使い、お金をかけずにできる押し花作りは、フィオーラの数少ない娯楽(ごらく)だ。

　母親が生きていた頃(ころ)は、一緒に季節の花々を、押し花にして楽しんでいた。

「あの、押し花作りは慣れているので、私も少し手伝ってもいいですか？」

「歓迎(かんげい)だよ。花びら、たくさんあるからね。人手はどれだけあっても足りないよ」

　女性の言葉通り、こんもりと花弁がつまった袋(ふくろ)が、いくつも地面に並べられていた。

「聖女様が咲かせてくれたありがたい薔薇だ。そのまま捨てるなんてもったいないだろう？　乾かして、押し花にして、ポプリにして……それにそうだ、酒に漬(つ)け込(こ)もうって計画もあるね」

「酒？」

　黙(だま)っていたアルムが、ぽつりと声を上げた。

「もしかしてあの薔薇、お酒にして飲むと、何か害があったりするの？」

　声を潜(ひそ)め、フィオーラはアルムへと尋(たず)ねた。

「いや、人間が美味(おい)しいと感じるかはわからないけど、飲んでも害はないはずさ。ただ……」

「ただ？」

「ずいぶんと色々な方法で、植物を加工するんだなって、少し感心していたんだ」

　薔薇の花弁と、それを手に取る女性たちに、アルムがすいと視線を向けた。

女性たちが色めき立ち、きゃいきゃいと明るい声をアルムへとあげている。

「……もちろん知識として、人間が植物を加工する方法は知っていたよ。けど、実際にこうして生で見てみると、なかなかに興味深いね」

アルムの表情に変化は乏しいが、その瞳には、好奇心が宿っているようだ。

「……押し花作り、アルムも一緒にやってみる？」

「気になるけど、今は僕はいいか――」

「おやおやお兄さん、押し花作りに興味があるのかい？」

耳ざとく聞きつけた女性が、素早くアルムに近寄ってきた。

「押し花作り、やってみなよ」

「いや、今やるつもりは」

「お兄さんみたいな綺麗な人がいると、私たちの作業もはかどるねぇ」

「？　僕の顔と君たちの作業に、なんの関係があるんだい？」

「おやおやお兄さん、意外にうぶなのかい？」

「いきなり何を言うんだ？　まずこちらの話を聞いて――」

女性たちは強かった。顔のいい男に飢えていた。

やいのやいのとアルムを取り囲み、逃がさないとばかりに食いついてくる。

――最終的にアルムは女性たちやフィオーラと一緒に、押し花作りを体験することになったのだった。

「疲(つか)れた……」

無表情ながらも、どこかぐったりとした様子でアルムが呟いていた。

なんだかんだ、押し花作りは楽しそうな様子だったが、それ以上に女性たちの熱気にあてられていたようだ。

「アルム、お疲れ様です。押し花作り、初心者だけどすごく上手でしたよ」

フィオーラの言葉はお世辞ではなかった。

アルムは長い指で、いくつもの押し花を作製していた。

花びらを一枚も破ることなく、器用に押し花を作っていくアルムは、言われなければとても初心者には見えない様子だった。

「僕は世界樹だからね。植物の扱いは得意だけど……押し花作りは、しばらくお腹(なか)いっぱいかな」

アルムと会話を交(か)わしつつ、フィオーラは村の中心部へと向かっていく。

開けた広場に立ち、一つ息を吸い大声を出した。

「精霊様⁉　こちらにきてください‼」

呼びかけに続々と精霊と、ついでに村人たちも集まってくる。

精霊が全てやってきたことを確認し、フィオーラは精霊たちへ問いかけた。

「この村に住みたいと思う精霊様はいますか？」

「みゃう……」

「がうるぅ……」

精霊たちがざわついている。

村や、村人たちへの印象は悪くなさそうだったが、簡単には決められないのかもしれない。

精霊たちの様子を、村長と村人たちがかたずを呑んで見ている。

しばらくフィオーラが待っていると、やがて一体の精霊が、すいと前に出てきた。

「わふふっ‼」

黒い犬型の精霊が、ぶんぶんと尻尾を振っている。

先ほど、ザイザと一緒に駆け回っていた精霊だ。

「精霊様、うちの村に住んでくれるの……？」

ザイザの問いかけに、

「わんっ‼」

これからよろしく、と言うように。

犬型の精霊が一声吠えたのだった。


――――その後、精霊は村の名前から、レサンの精霊と呼ばれるようになる。

フィオーラが王都へと発った後も、精霊たちが直接訪問しての住まい探しは続けられ、それぞれの精霊が、快適な土地を見つけることに成功することになった。

なかでも一等、レサンの精霊は村人とよく親しみ、近隣一帯の黒の獣を退治していた。

その姿に、ザイザら村人は精霊を連れてきた聖女——フィオーラへの尊敬と感謝を深めることになる。

そして薔薇の花を使った押し花作りは、フィオーラが手伝った事実も加わり、村の中で重要な地位を占めるようになっていく。

押し花にされた薔薇には、かすかだが黒の獣を遠ざける効果もあり、後に村の一大名産品になるのだった。

あとがき

こんにちは。

作者の桜井悠(さくらいゆう)です。

このたびは本作、「虐げられし令嬢は、世界樹の主になりました　～もふもふな精霊たちに気に入られたみたいです～」をお読みいただきありがとうございます。

本作は「小説家になろう」に掲載した作品を、書籍化したものになります。

読みやすくなるよう本編の文章を推敲し、番外編を書かせていただきました。

番外編はフィオーラとアルム、そしてイズーたち精霊がメインの話になっています。

イタチ、羊に熊に馬、黒わんこ……。

本作にはたくさんの動物型の精霊が登場しています。

もふもふとした動物を書いていると、自然と筆が進みますね。

特にイズーとモモは、動かすのがとても楽しかったです。モモは最初、見た目通りのかわいらしい小動物キャラだったのですが、色々と設定をいじるうちに、今の姦(かしま)しいモモンガ精霊になりました。イラストを担当してくださった雲屋(くもや)ゆきおさんが、かわいらしく表情豊かなモモを描いてくださいましたので、ぜひご覧ください。

それにしても、雲屋さんのイラストは、どれも素敵で眼福ですね。色使いが綺麗で、はっと引き込まれてしまいます。

アルムのグラデーションがかった髪、フィオーラの透き通るような肌の色。

表紙イラストは二人を中心に、瑞々しい緑が映える構図になっています。

表紙と口絵のカラーイラストの他にも、白黒の挿絵イラストも収録されていますので、小説と一緒に楽しんでいただけたら嬉しいです。


雲屋ゆきおさんをはじめ、本作はたくさんの方々のおかげで出版することができました。

編集様にデザイナー様、校正や印刷所、流通や書店の皆様。

小説家になろうで応援してくださった方、そして今、この本を手に取ってくださった方。

本作を読んでいただきありがとうございました。

またどこかでお会いできる日が来ることを、心よりお待ちしています。

虐げられし令嬢は、世界樹の主になりました
～もふもふな精霊たちに気に入られたみたいです～

2020年6月5日　初版発行

著　者　桜井 悠（さくらい ゆう）

発行者　三坂泰二

発　行　株式会社 KADOKAWA
〒102-8177　東京都千代田区富士見2-13-3
電話 0570-002-301（ナビダイヤル）

編　集　ゲーム・企画書籍編集部

装　丁　寺田鷹樹

ＤＴＰ　株式会社スタジオ２０５

印刷所　大日本印刷株式会社

製本所　大日本印刷株式会社

DRAGON NOVELS ロゴデザイン　久留一郎デザイン室＋YAZIRI

●お問い合わせ
https://www.kadokawa.co.jp/（「お問い合わせ」へお進みください）
※内容によっては、お答えできない場合があります。
※サポートは日本国内のみとさせていただきます。
※ Japanese text only

定価（または価格）はカバーに表示してあります。

ISBN978-4-04-073592-4　C0093